赦《ゆる》されたい

大石　圭

幻冬舎アウトロー文庫

赦《ゆる》されたい

プロローグ

わたしが身を横たえているベッドのすぐ脇、サイドテーブルの上に1枚の短冊《たんざく》が置かれている。

四隅が擦《す》り切れ、よれよれになり、すっかり黄ばんでしまった短冊――。

ベッドのリクライニングボタンを押し、上半身をゆっくりと起こす。骨と皮ばかりになってしまった腕を伸ばし、サイドテーブルに載った古い短冊をつまみ上げ、そこに細い筆で書かれた美しい文字を見つめる。

微笑《ほほえ》みの　笑と命名　小紫陽花《こあじさい》

こうしていると、何となく、父と見つめあっているような気がする。

妻が長女を出産したという報を受けた直後に、父はわたしに笑子《えみこ》という名をつけることに決めた。本当は別の名前を考えていたのだけれど、義母からの電話を受けた瞬間に、その名が急にひらめいたのだという。

長女であるわたしの名を決めると、父はすぐに書斎に行き、机の前に正座をして墨を磨《す》った。そして、硯《すずり》から立ちのぼる香《かぐわ》しい墨の香りを嗅《か》ぎながら、喜びを噛《か》み締めて、この俳句を短冊に書き付けた。

今からもう40年近く前の6月15日の朝のことだ。

その時、窓の外で雨に濡れる紫陽花の花を眺めながら、父は生まれて来た赤ん坊がいつも幸せで、いつも笑顔でいられるように心から願った。

母からそう聞いている。

いつも幸せで、いつも笑顔でいられるように――。

父が願った通り、10代から20代の前半にかけてのわたしは幸せだった。

あの頃のわたしは、いつも何となく楽しい気分で、いつもわくわくとしていて、気がつくと、顔には自然に笑みが浮かんでいたのだ。

けれど、大学を卒業してすぐに妊娠し、結婚して友里《ゆり》を出産した頃から、わたしは少しずつ笑えなくなっていった。そして、夫に「頼むから、この家を出て行ってくれ」と離婚を言い渡された30歳の頃からは、笑うということがまったくできなくなってしまった。

いや、笑うには笑っていた。客である男の人たちの前でのわたしは、いつだって微笑んでいたのだから。

けれど、それは心からの笑みではなく、偽りの笑み……微笑みの仮面だった。


この俳句を短冊に書き付けた父は、今から5年前に他界した。脳梗塞《のうこうそく》だった。父にはいつまでも長生きしてほしかった。けれど、今では死んでしまってよかったような気もしている。

だって、今のわたしを見たら、父はとても悲しむに違いないから……『親不孝にも限度がある』と言って泣くに違いないから……。

微笑みの　笑と命名　小紫陽花

この病気と闘っているあいだ、わたしはいつもこの古い短冊を傍《かたわ》らに置いていた。そして、もう闘うのをやめ、死の訪れを待っている今も、こうしてここに置いている。そう。もう闘いは終わったのだ。わたしは病気に打ち負かされ、降伏し、死を受け入れることにしたのだ。

もうすぐ自分が死んで、この世からいなくなるだなんて……そんなこと、本当は受け入れたくない。そんなこと、絶対に認めたくない。

来月でわたしは、ようやく40歳になるのだ。日本の女の平均寿命の半分も生きていないのだ。それなのに……もう死んでしまうなんて……そんなのって、ひどすぎる。

けれど……けれど、わたしにはもう、選択肢がまったくない。わたしの病状は、現代の医学では手がつけられないほどになっているのだ。

人は誰でも死ぬ。わたしの場合、ただ、それが思っていたよりも少し早かったというだけのことだ。

強い絶望に駆られ、刻々と迫り来る死の恐怖におののきながらも、今のわたしは、必死になってそう考えようとしている。

人は死んだら、どこに行くのだろう？　キリスト教のチャプレンの中村さんが、この病室に入って来るたびに言っているように、本当に天国があるのだろうか？

1年前までのわたしは、死後の世界なんて信じなかった。考えてみたこともなかった。けれど、今のわたしは、それが存在することを心から願っている。

死ぬのは怖い。怖くて怖くてたまらない。けれど、もし、死後の世界があるのだとすれば……わたしはそこで、大好きだった父に会えるかもしれない。

わたしをずっと、無条件に愛してくれていた父と、もし再会することができたなら……その時、わたしはようやく微笑みの仮面を外し、心からの笑みを浮かべることができるかもしれない。


古い短冊をサイドテーブルに戻し、代わりに手鏡を摑《つか》む。鮮やかにマニキュアが施された爪が目に入る。

ついさっき、1時間近くかけてお化粧を施した顔を手鏡に映してみる。

げっそりと頰がこけ、目がひどく落ち窪《くぼ》んでしまってはいるけれど、昨日、妹の美《よし》子《こ》が持って来てくれたファンデーションと頰紅を丁寧に塗ったおかげで、きょうは顔色がよく見えた。アイラインとアイシャドウ、それに付け睫毛《まつげ》とマスカラが施された目は、本当に大きくて、お人形さんのようだ。

　大学病院で闘病生活を続けていた時には、お化粧なんてできなかった。でも、このホスピスに転院してから、わたしはまた、目が覚めるとすぐにお化粧をするようになった。抗癌剤のせいで抜け落ちてしまった髪の代わりに、明るい栗色をしたセミロングのかつらも被《かぶ》るようにもなった。マニキュアやペディキュアもするようになったし、香水も使うようになった。ここでのわたしはネックレスやブレスレットを付けているだけではなく、臍《へそ》にピアスまで嵌《は》めていた。

　そうすることで、かつての自分に戻れたような気がした。

　そう。昔から、わたしは綺麗でいるのが好きだった。綺麗でいると、それだけで心がわくわくとしたものだった。

　死後の世界でもお化粧をすることができるのだろうか？　お化粧したわたしを見たら、父は何と言うのだろう？　わたしが高校生だった頃みたいに、『笑子、化粧が濃すぎるぞ』と言うのだろうか？

　ああっ、もう一度、父に叱られてみたい……。

熱いものが込み上げて来る。けれど、涙は出ない。
きっとこの数カ月で、わたしの涙はすっかり尽きてしまったのだろう。

第1章

1

ほかの多くの人々と同じように、病気になるまでのわたしは、1日1日の価値なんて考えてみたこともなかった。きょうできなかったことは、明日にまわせばいい。明日もできなかったら、いつかやればいい。そういう感じだった。

けれど、今はそうではなかった。

きょうという1日は、かつてのわたしの1年なのだ。今のわたしにとっての10日後は、普通の人々の10年後なのだ。もしかしたら、それ以上なのだ。

10日後——この地上に、わたしはいるのだろうか？

覚悟はできたはずなのに……そう思うたびに、胸が締め付けられる。

昨日、美子が持って来てくれた赤と白の薔薇《ばら》が、出窓に置かれたガラスの花瓶に咲いている。その甘くてすがすがしい香りが、部屋の中にほのかに漂っている。

目を覚ましている時はたいていそうしているように、わたしはベッドのリクライニングを45度に起こし、大きな窓から庭を眺めている。

ボランティアの人々によって手入れが施された庭には、色とりどりの花が咲き、初夏の風に揺れている。それらの花の周りを、蜂や蝶々が忙しそうに飛びまわっている。

昨日や一昨日に比べると、きょうは少し体調がいい。熱もないようだし、吐き気や目眩《めまい》もほとんどない。朝食もいつもよりたくさん食べることができた。この1年近くのあいだ、ストーカーのようにつきまとっている左肩から腕にかけての痛みが消えることはないけれど、それも今朝は耐え切れないほどではない。

5月半ばの強い日差しに照らされた庭を、わたしは目を細めて見つめ続ける。

庭の片隅に植えられている小町絞りという名の山アジサイが、今にも花を開きそうだ。ボランティアの小松さんによれば、小町絞りは原種のガクアジサイで、その花は小さくて地味だけれど、淡いピンク色をしていて、とても清楚で可愛《かわい》いらしい。

いったいどんな花なのだろう?

この調子なら、小町絞りが咲くのを、わたしは見ることができるかもしれない。

男の人から花束をもらうのが大好きだったというのに、かつてのわたしは、花の名前をほとんど知らなかった。けれど、今のわたしは、このホスピスの周りで咲いているたいていの花の名を知っている。

シラン、ヒナゲシ、スイトピー……パンジー、ジャスミン、アマリリス……アイリス、スズラン、マリーゴールド……。

ボランティアの人たちが教えてくれたそれらの名を、まるで言葉を覚え始めたばかりの子供のように、この半月のあいだ、わたしは夢中になって覚えた。

バーベナ、ムスカリ、ライラック……ポピー、ヒナゲシ、カキツバタ……。

花と同じように、かつてのわたしは野鳥の名をほとんど知らなかった。知っていたのは、ハトとスズメとカラスぐらいだった。

けれど、今のわたしは、この窓の向こうに姿を見せるたいていの鳥の名を知っている。花の名と同じように、ボランティアの人たちが教えてくれたのだ。

メジロ、ウグイス、シジュウカラ……ツバメ、ムクドリ、ハクセキレイ……コゲラ、キジバト、オナガ、ホオジロ……ヒバリ、カワラヒワ、そして、ヒヨドリ。

ああっ、病気になる前に、そういうことを知っておきたかった。そうしたら、わたしの人生はきっと、もっと楽しいものになっていたかもしれない。もっと豊かなものになっていたかもしれない。

花の名を知ることや、野鳥の名を覚えること――それはとても大切なことだったのだ。そういうことを知ることが、生という限られた時間に彩りを添えるものなのだ。

けれど、愚かなわたしは、死を目前にするまでそのことに気づかなかった。


この個室に移って来た日の午後のことだった。スズメより大きくてハトより小さい尾の長い青灰色の鳥が、藁《わら》みたいなものを咥《くわ》えて、病室前の庭の樹にせっせと運んでいることにわたしは気づいた。

いったい、何をしているのだろう？

わたしはお茶を運んで来てくれたボランティアの黒田さんに、甲高《かんだか》い声で鳴くその鳥の名と、鳥が藁を運び入れている樹の名を尋ねた。ボランティアの女性たちの多くは、花や野鳥にとても詳しいのだ。

「ああ、あれはヒヨドリですよ。あの樹はハナミズキです。大和田さんがいらっしゃる少し前まで、綺麗な白い花が咲いていたんですよ」

香りのいいハーブティーをカップに注ぎながら、黒田さんはそう言って、わたしに鳥と樹の名前を教えてくれた。

「どうして藁なんか運んでいるのかしら？」

「きっと巣作りをしているんでしょう。今は野鳥たちの繁殖シーズンですからね」

「巣作り？　それじゃあ、あのハナミズキの樹の中に巣があるの？」

「ええ。たぶん、そうだと思います」

わたしを見つめ、黒田さんが優しく微笑んだ。

それからは、そのハナミズキの樹と、そこにやって来るヒヨドリを観察するのがわたしの日課になった。その観察の中で、わたしはヒヨドリが波形を描いて軽やかに飛ぶということや、よく通る甲高い声で鳴くということ、ほかの鳥と違って地面に下りることはめったにないということを知った。

黒田さんが言った通り、ヒヨドリはその樹に巣を作ったようだった。観察を続けていると、時々、ヒヨドリが鬱蒼《うっそう》と茂ったハナミズキの枝のあいだから飛び立ったり、そこに戻って来たりを繰り返しているのがわかった。きっと巣作りはすでに終わり、今は卵を温めていたのだろう。

そして、昨日、もしかしたら、一昨日、ついに卵から雛《ひな》が孵《かえ》ったようだった。ヒヨドリはとても忙しそうに、虫を捕まえては巣に運び続けていた。

雛はいつ巣立つのだろう？　どんな姿をしているのだろう？

小町絞りの花が咲くことと、ヒヨドリの雛が巣立つこと――今のわたしは、そのふたつを楽しみに生きていた。


都内の大学病院から、神奈川県の中井町というところにあるこのホスピスに転院して来たのは、今から半月ほど前だった。

最初の2日間、わたしは4人部屋にいた。けれど、母の計らいで、3日目にはこの個室に移ることになった。

4人部屋も病室とは思えないほどに洒落《しやれ》ていた。けれど、この個室に移った時にはびっくりした。わたしに宛《あ》てがわれた部屋が、明るくて、清潔で、静かで、落ち着いていて、まるでリゾートホテルのようだったからだ。

この部屋は畳に換算すれば、12畳ほどだろうか？　壁には淡いピンクの壁紙が張られていて、大きな額に入った洒落たリトグラフが飾られている。床のフローリングはピカピカに磨き上げられている。部屋の中央にはリクライニング式のベッドがあり、その片隅には洒落たソファとローテーブルが配置されている。清潔で広々としたトイレもあるし、小さな食器棚や冷蔵庫や電子レンジや給湯ポットもある。壁の扉をスライドさせると、そこにはかなり大きなクロゼットもある。

部屋の東側と北側には大きな窓があって、出窓になった北側の窓からは丹沢の山並みが、すぐそこというほど間近に見える。東側の窓の向こうにはコナラやクヌギの雑木林が広がっている。その窓の外には椅子とテーブルの置かれたコンクリート製のテラスがある。テラスから花の咲き乱れる庭に降りることもできる。

そう。ここがわたしのついの住処《すみか》だ。わたしはこの部屋で生の時間を終えることになるのだ。

こんな綺麗な部屋で死ねるんだから、幸せだと思わないと……。

わたしは今、自分に毎日、そう言い聞かせている。

2

マホガニーのドアがノックされ、女の人の声が「大和田さん」と、わたしを呼んだ。ボランティアの清水さんだった。

「はい。どうぞ」

できるだけ元気な声で、わたしは応えた。清水さんが来たことが嬉しくて、自然に笑みが浮かんだ。

「入りまーす」

そう言いながら、清水さんがドアを開けた。ここのボランティアはみんなそうしているように、清水さんもピンクのエプロンを付けている。

「お花の水替えに来たわよ。大和田さん、起きてた？」

「ええ。起きてたわ」

「具合はどう？」

にこやかに微笑みながら清水さんが訊《き》き、わたしは「きょうはとても気分がいいの」と言って微笑みを返した。

「それならよかった。そう言えば、大和田さん、今朝は顔色がいいわ」

「そう？」

「ええ。それに今朝はとっても綺麗よ」

「失礼ね、清水さん。今朝だけじゃなく、わたしはいつだって綺麗じゃない？」

わたしが唇を尖《とが》らせて抗議し、清水さんが「あらあら、そうだったわね。失礼しました」と言って、おどけた顔をして笑った。

清水さんは60代の半ばだろうか？　大柄で、とても太っている。物腰が柔らかくて、おっとりとしていて、少し剽軽《ひょうきん》で、笑顔がとても素敵な人だ。このホスピスができた時から、清水さんはここでボランティアをしているのだという。旦那さんはこの近くで、鉄工所を経営していると聞いている。子供が3人いるけれど、すでにみんな独立していて、今は旦那さんとふたりで暮らしているらしい。

決して気取っているわけではないけれど、清水さんには持って生まれたかのような上品さがある。きっとそれは、人を恨んだり、憎んだり、嫉妬《しっと》したりせず、満ち足りた人生を送って来たことに由来する上品さなのだろう。

つまり清水さんは、わたしとは正反対の人生を生きて来たのだ。

「大和田さん、きょうは天気が良くて暖かいから、しばらく窓を開けて空気の入れ替えでもしましょうか？　気分転換にもなるわよ」

清水さんが笑顔で言う。その笑顔を見ると、わたしはいつも嬉しくなる。

何十人もいるボランティアの中で、わたしは清水さんといちばん仲がいい。清水さんと話していると、母と話しているような気分になる。

「ええ。そうしてちょうだい」

わたしが言い、清水さんが太った体を揺らすようにして東側の窓辺に歩み寄った。そして、テラスに面したその大きな窓をいっぱいに開け放った。

窓が開かれた瞬間、爽《さわ》やかな初夏の風が流れ込み、部屋に淀《よど》んでいた空気を一掃した。その暖かな風に、明るい栗色のかつらがふわりとなびいた。

外の空気からは、刈り取られたばかりの青草みたいな香りと、湿った土のにおいがした。焚《た》き火みたいなにおいもした。姿は見えなかったけれど、せわしなくヒバリが鳴いているのが聞こえた。

「大和田さん、寒くない？」

また清水さんが笑顔で訊いた。

「いいえ。大丈夫。すごく気持ちがいいわ」

わたしが答え、清水さんが嬉しそうに笑った。


この部屋に来るといつもそうしているように、今朝も清水さんはソファに座り、しばらく取り留めのないことを話していった。

ボランティアの人たちは患者について、病状だけでなく、年齢や職業や家族構成など、いろいろなことをホスピス側から知らされている。その患者がどんな人生を送って来たのかということは、患者と接する上でとても大切なことだからだ。

けれど、わたしがどんなふうに生きて来たのかについて、清水さんを含め、ボランティアの人たちはあまりよく知らない。医師や看護師も知らない。

彼らがそれを知らないのは、わたしが隠しているからだ。

そう。わたしは隠さなければならないような人生を送って来たのだ。病気になるまで、わたしは水商売をしていたと言っているけれど、それさえもが嘘なのだ。

「ねえ、大和田さん、映画は好き？」

清水さんが笑顔で訊いた。

「ええ。好きよ」

「どんな映画が好きなの？　ハリウッド映画？」

「実はわたし、ハリウッドの映画はあまり好きじゃないの。どちらかというと、少しカルトなヨーロッパ映画が好きなの」

「そうなんだ。何かお勧めはある？」

ボランティアの人たちは、みんなわたしに敬語を使う。わたしに気を遣って、おどおどとしている人もいるし、早く用事を済ませて、この病室から出て行きたそうにしている人もいる。余命いくばくもない人間を目の前にしているのだから、それは当然のことかもしれない。

けれど、清水さんはわたしに敬語を使わない。わたしを特別視しているような感じもしないし、早くここから出て行きたがっているようにも見えない。

だから、清水さんと話していると、わたしは自分が瀕死の病人ではなく、彼女の友達か娘であるかのように感じられる。


「そうだ、清水さん、あとでワインを買って来てもらえないかしら？　冷蔵庫のがなくなっちゃったの」

雑談を終え、ソファから立ち上がりかけた清水さんにわたしは言った。

大学病院に入院していた時には、アルコール類は口にできなかった。けれど、このホスピスに転院して来てから、わたしはまた毎晩、グラスに1杯ぐらいのワインを飲むようになっていた。

「あのワイン、もうなくなっちゃったの？　大和田さん、相変わらず飲んべえね」

たっぷりと肉の付いた顔に苦笑いを浮かべ、呆《あき》れた口調で清水さんが言った。「買って来てあげるのはいいけど、口内炎に染みるわよ」

そう。数日前から、わたしは鎮痛剤の副作用による口内炎に苦しんでいた。それは本当にひどくて、食事をするのも辛かった。

「染みてもいいの。だから買って来て」

我が儘《まま》な娘みたいな口調でわたしは言った。

「はいはい。買って来るわよ。白ワイン？　それとも赤？」

「白がいいわ」

「白ね？　銘柄は何がいいの？」

ピンクのエプロンのポケットから、ボールペンとメモ用紙を取り出しながら清水さんが訊いた。

「そうね……コート・ドールのワインがいいわ」

「コート……ドール？　それ、なあに？」

「フランスのブルゴーニュにあるワイン産地よ。黄金の丘っていう意味で、世界でも最高のワインができるのよ」

「そうなの？　で、コート……何だっけ？」

「コート・ドールよ。コート・ドール」

「コート・ドールね。コート……ドール」

清水さんが言いにくそうに繰り返しながら、メモ用紙にボールペンでブルゴーニュ地方の土地の名を書き込んだ。

「コート・ドールにもいろんなワインがあるんだけど、コート・ドールなら何でもいいわ。ピュリニー・モンラッシェでも、シャサーニュ・モンラッシェでも、ムルソーでもマルサネでも……1万円から1万5000円ぐらいのを1本買って来て」

わたしはサイドテーブルに腕を伸ばし、そこに置いてあった財布から2枚の1万円札を取り出して清水さんに渡した。

「はいはい。大和田さん、贅沢ね。1万円のワインなんて、わたしは生まれてから一度も飲んだことないわ」

わたしから紙幣を受け取った清水さんが、また呆れた口調で言って苦笑いをした。

病気になる前のわたしは、しばしば安いワインを飲んでいた。懐のことを考えると、高級ワインばかり飲んでいるわけにはいかなかったのだ。

けれど、今は多少は高くても、好きなワインだけを飲むことにしていた。もしかしたら、そのワインがわたしの最後の1本になるかもしれないのだから……。

「それから、そのお釣りであれと同じ煙草も買って来て」

サイドテーブルの上の煙草のパックを指さしてわたしは言った。

大学病院ではアルコールが口にできないだけではなく、煙草も吸えなかった。けれど、このホスピスでは、禁止されていることはほとんどなかった。

「煙草は何箱ぐらい買えばいいの？」

「そうね。何度も行ってもらうのも面倒でしょうから、1カートン買って来て」

わたしは言った。そして、直後に、２００本もの煙草を吸う時間が、果たしてわたしに残されているのだろうか、と思った。

3

清水さんが窓を閉めて出て行き、わたしはまたガラス越しに庭を眺めた。

子育ての最中らしいヒヨドリは、本当に忙しそうだった。ほぼ5分おきに虫を咥えてハナミズキの樹に戻って来て、すぐにまた狩りに出かけて行った。

清水さんに我が儘を言いすぎちゃったかな？　でも、まあ、いいや。きっと、許してくれるだろう。

こんもりと茂ったハナミズキを見つめて、わたしは思った。

そう。医師や看護師やボランティアの人たちは、この夏の予定を立てることができる。夏のあとで来る秋のことを考えることもできるし、冬のレジャーに思いを馳せることもできる。

けれど、わたしにはそれができない。夏どころか、1カ月後の誕生日まで生きていられるのかさえわからない。

来月の15日でようやく40歳になるというのに……わたしよりずっと幸せに生きてきた人たちが、たとえば、清水さんや黒田さんのようなお金持ちの奥様が、わたしよりずっと長生きをしているというのに……こんな不公平があっていいのだろうか？

けれど、それ以上は考えない。それについては、この数カ月、もう嫌というほど考え続けて来たのだから……。

人生とは不公平なものなのだ。１００歳を越えて生きる人もいれば、生まれるとすぐに死んでしまう赤ん坊もいる。一生をお金に困らないで暮らす人もいれば、ずっと貧乏のまま死ぬ人もいる。

だけど……わたしだって、ずっと不幸だったわけじゃない。結婚するまでのわたしは、いつもみんなからチヤホヤされ、『綺麗だ』『可愛い』『スタイルがいい』『色っぽい』と言われ、いつも幸せな気持ちで暮らしていたのだ。あまりに幸せすぎて、怖いぐらいだったのだ。

わたしの妊娠を知った時、夫だった男は「結婚しよう、笑子。きっと幸せにするよ」と言った。確かにそう言った。

それにもかかわらず、彼と一緒になってからは、嫌なことや辛いことばかりだった。10年前に離婚してからも、やっぱり、嫌なことや辛いことばかりだった。

嫌なこと、辛いこと、悲しいこと、悔しいこと、泣きたくなること、頭に来ること、あまりの惨めさに髪を掻《か》き毟《むし》って叫びたくなること……この17年近くの歳月は、そんなことばかりだった。

それでも、明けない夜はないというから、こんなわたしにもいつかまた幸せな時間が訪れるのだろう……きっとまた、心から笑える日々が来るのだろう……そう思って、わたしは歯を食いしばって生きてきた。人が受ける試練には限りがあって、わたしに課せられた試練は、あとほんの少しで、すべて終わるのだろう、と——。

神はその人が乗り越えられないような試練は与えない。

いつだったか、キリスト教を信じているという仕事仲間の女性から、そんな話を聞いたことがあった。

その時、わたしは、『ああ、なるほど。神様はちゃんとわかっているんだ』と思って、少し嬉しかった。

けれど、数え切れないほどたくさんの試練のあとでやって来たのは、末期癌で余命いくばくもないという、あまりに恐ろしい宣告だった。

4

浴室に向かうため、ナイトドレス姿で廊下を歩いている。

大学病院にいた頃は、一日中、パジャマを着ていた。けれど、このホスピスでのわたしは、お洒落でセクシーなナイトドレスをまとっていた。

ここに入院する時に、わたしは自宅からたくさんのナイトドレスを持参し、毎日、ちゃんと着替えをしていた。きょうはノースリーブで踝《くるぶし》丈の、白い木綿のナイトドレスで、わたしのお気に入りの1着だった。

痛み続ける左腕をかばい、壁の手摺《てす》りに右手で縋《すが》り付くようにして、わたしはゆっくりと歩き続ける。何歩か歩いては立ち止まって休み、また何歩か歩いては立ち止まって休む。そんなことを繰り返す。

部屋に車椅子はあるのだけれど、ここでのわたしは、できるだけ自分の脚で歩くようにしていた。

体力の低下を少しでも防ぐために？

もちろん、そういう意味もなくはない。だが、それ以上に、もしかしたら、明日はひとりでは歩けなくなるかもしれないのだから……だから、歩けるうちは歩きたいという……そんな気持ちからだった。

また脚を止め、乱れた呼吸を整える。

両側に並んだ窓から太陽の光が強く差し込み、長い廊下を明るく照らしている。鏡のように磨き上げられた白い廊下に、窓のすぐ外にある木々の枝の影が映っている。

ついさっき、入浴介助ボランティアの鈴木さんが、お風呂に入れてくれると言ってくれた。けれど、わたしは「ありがとうございます。でも、きょうは自分ひとりで大丈夫そうです」と言って、鈴木さんの申し出を断った。

そう。わたしはまだ、ひとりで入浴ができる。明日のことはわからないけれど、きょうはまだ、何とかそれができる。

自分の脚で歩くのと同じ理由から、できるうちは、わたしは自分ひとりの力で入浴することにしていた。

おぼつかない足取りで再び歩き始めると、真っすぐな廊下の向こうから、若い女性看護師の押す車椅子に乗せられた小柄な老女がこっちに向かって来た。わたしのすぐ隣の個室に入院している樋口さんだった

「こんにちは、樋口さん。こんにちは、佐藤さん」

また脚を止め、わたしは樋口さんと、若い看護師に頭を下げた。

「こんにちは、大和田さん。あなた、きょうも本当に素敵ね。女優さんが立っているのかと思っちゃったわ」

頭に洒落たスカーフを巻いた樋口さんが、皺《しわ》だらけの顔をさらに皺くちゃにして笑いながら言った。

樋口さんは78歳だと聞いているけれど、今もとてもお洒落で、わたしと同じように、いつ会ってもちゃんとお化粧をしている。彼女の髪も抗癌剤で抜け落ちてしまったのだろう。彼女はいつも、色とりどりのバンダナやスカーフを頭に巻いていた。

「ありがとうございます。お世辞でもすごく嬉しいです」

手摺りにしがみついたまま、わたしはにっこりと微笑んだ。耳たぶでピアスが揺れるのがわかった。

「お世辞なんて言わないわ。わたしは昔から、本当に思ったことしか言わないの。そのネグリジェもすごくセクシーで素敵よ。あなたによく似合うわ」

真面目な顔で樋口さんが言い、わたしはまた「ありがとうございます」と言って頭を下げた。

食堂で何度か話をしたことはあるけれど、樋口さんの病状について、わたしはよく知らない。乳癌が再発したのだとは聞いているけれど、それ以上のことはわからない。でも、たぶん、樋口さんの病状は、わたしと大差のない状態なのだろう。ホスピスは人が死ぬところで、病気を治すところではないのだから。

「それじゃ、大和田さん、またね」

ルージュを施した唇を光らせて、樋口さんがほがらかに笑った。その笑みは、本当に穏やかで、優しげで、間もなく死ぬ人のものには見えなかった。

樋口さんと別れ、わたしはまた浴室に向かって歩を進め始めた。何歩か歩いては立ち止まって呼吸を整え、また何歩か進んでは立ち止まるということを繰り返した。

わたしの病室から浴室まで、普通の人なら3分とはかからないだろう。けれど、今のわたしには、その距離が果てしないものに感じられた。

これが最後の一歩になるのかもしれない。わたしには次の一歩は踏み出せないのかもしれない。

そんなことを思いながら、わたしはようやく浴室にたどり着いた。

脱衣所で明るい栗色のかつらを外し、ナイトドレスと小さくてセクシーなショーツを脱ぎ捨てる。そして、ネックレスとブレスレットとアンクレットを外し、また右手で手摺りに縋《すが》り付きながら、わたしは真っ白なタイル張りの浴室に入った。

ホスピスの浴室はとても明るく、患者がストレッチャーに乗ったまま入れるよう、とても広々としていた。

　この浴室には全身を映せるような大きな鏡がなかった。そのはっきりとした理由はわからないが、もしかしたら、衰えた自分の体を見た患者がショックを受けるのを防ぐためなのかもしれなかった。

　かつてのわたしは、鏡に映った自分の裸を眺めるのが大好きだった。それで、お風呂に入る時だけではなく、着替えをする時にも、鏡の前で必ず全裸になり、いろいろなポーズを取っていたものだった。

　自分で言うのはおこがましいけれど、病気になるまでのわたしは、30代の後半だとは思えないほどに綺麗な体をしていた。ただ痩《や》せているだけでなく、毎日のようにスポーツクラブで鍛えていたおかげで、腕や脚は引き締まり、腹部にもうっすらと筋肉が浮き出ていた。それはまるで10代の健康的な少女のようだった。

　けれど、もう今は、自分の裸を見てみたいとは思わなかった。今のわたしの体は、それほどまでに衰え、痩せこけ、まるで老女のようになっていた。

　時間をかけてシャワーを浴びてから、わたしは細長い形をした浅い浴槽に裸の体をゆっくりと横たえ、折れてしまいそうに細い両脚をまっすぐに伸ばした。優しい温《ぬく》もりが、皮膚の毛穴のひとつひとつから、痩せ衰えた体の中に入り込んで来るような気がした。

「気持ちがいい……」

そっと目を閉じ、誰にともなく、わたしは言った。その小さな声が、ほかに人のいない広々とした浴室に響いた。

静かに目を開ける。透き通った湯の中で揺れている自分の下半身を見つめる。

随分と薄くなってしまったけれど、そこには今も、ハイレグタイプのワンピース型競泳用水着の跡がうっすらと残っていた。それはまだ元気だった頃、外光の差し込むスポーツクラブの屋内プールで毎日のように泳いでいた名残りだった。

わたしの臍では3つの真珠を繋《つな》いだピアスが鈍く光っていた。塗り直したばかりのペディキュアが、透き通った湯の中であでやかに揺らいでいた。

かつて何人もの男の人たちが、わたしの体をセクシーだと言った。離婚した夫も、しばしばそう言っていた。

だが、今のわたしの肉体には、かつてのセクシーさはどこにも残っていなかった。天井の蛍光灯に照らされたそれは、まるで骸骨の標本の上に薄い皮を1枚被せただけという感じだった。

今のわたしの下腹部はえぐれるほどに窪み、腰骨が高く飛び出していた。ウエストは自分で指をまわせばその指先同士が届くほどに細くなり、両方の脇腹には不気味なほどに肋骨《ろっこつ》が浮き上がっていた。小ぶりだけれど張り詰めていた乳房は、すっかり張りを失い、空気が抜け始めたゴムボールみたいになっていた。

ほとんど役に立たなかった抗癌剤の影響で、今では毛髪や眉毛や睫毛だけでなく、体毛までもが抜け落ちていた。股間の性毛もほとんどなくなり、まるで思春期前の少女のようだった。

わたしがこんなにも痩せてしまったのは、わたしの中に発生した悪性の生命体のせいだった。わたしの体が産み出したその新しい生物が、自分を産んだわたしから、まるで搾取《さくしゅ》でもするかのように栄養素や生命力を奪い続けたせいで、わたしは骨と皮ばかりになってしまったのだ。

わたしが死んだら、その生物も一緒に死んでしまうのだ。その生物もわたしと一緒に火葬場で焼かれてしまうのだ。

それなのに、そいつはまるで自らの死を願ってでもいるかのように、もはやほとんど何も持っていないわたしから、栄養素や生命力を、なおも執拗《しつよう》に奪い続けていた。

癌細胞っていうのは、何て愚かな生き物なのだろう。

わたしはしばしばそう思う。

でも、まあ、愚かさにおいてなら、このわたしも負けてはいないのだけれど……。

5

大学病院の医師たちがわたしに与えた病名は『原発不明癌』、つまり、体のどこで発生したのかがはっきりしない癌という曖昧《あいまい》なものだった。

今から2カ月半ほど前、3月初旬にわたしが初めて大学病院を訪れた時には、癌はすでにその発生源を特定することが難しいほど広範囲に転移していたのだ。

肺、胸筋、肝臓、腎臓、肋骨や背骨や大腿骨《だいたいこつ》……癌細胞はわたしの肉体のいたるところを深く蝕《むしば》んでいた。最初に痛みを感じた左の肋骨の1本は、特に激しく癌細胞に腐食され、今では跡形もなく消えてしまっていた。

わたしが入院したあと1カ月以上にわたって、大学病院の医師たちは癌がどこで発生したのかを突き止めようとした。発生源を知ることが、治療においてはとても大切なことだったからだ。

けれど、それほど長期間にわたって検査をしたにもかかわらず、結局、癌の発生源はわからないままに終わった。

いったいいつから？

恐怖におののきながら、わたしは担当医に訊いた。

けれど、わたしと同じくらいの年の担当医は、「かなり前からあったんでしょうね」と言って、困ったような顔をしただけだった。

そう。おそらく何年も前に……もしかしたら、わたしが離婚した頃、あるいはそれ以前に……癌細胞はわたしの中で誕生したのだ。そして、毎日、少しずつ成長を続け、ある時点で急に牙を剝《む》き、生みの親であるわたしに襲い掛かって来たのだ。

忌《い》まわしい癌細胞が、ずっと前からわたしの中にいた。眠っている時にも、食事をしている時にも、笑っている時にも泣いている時にも、客たちと行為をしている時にも……わたしはずっと、その忌まわしい生き物に、血を、肉を、骨を、蝕まれ続けていた。害虫の食害を受ける植物のように、絶え間なく体を食べられ続けていた。

それを考えると、ゾッとしてしまう。

半月前、ここに転院した翌日に、わたしは浜松の母に電話をした。そして、その時に初めて、自分が末期癌で、もう治療の施しようがない状態であることを知らせた。それまで母に何も言わなかったのは、彼女の体を気遣ってのことだった。64歳の母は何年も前から腎臓が悪く、今は病院で定期的に透析を受けていた。

「笑子……あの……それ……冗談でしょう？」

耳に押し当てた電話から、強《こわ》ばった母の声が聞こえた。

「冗談でこんなこと言わないわ。わたし、もうダメなの。もうすぐ死んじゃうの」

わたしはできるだけ淡々と話したつもりだった。けれど、母の声を聞いているうちに胸が詰まり、最後はすすり泣いてしまった。

その日のうちに、母は新幹線に乗ってホスピスにやって来た。そして、ベッドの脇に立ってわたしの手を握り締め、長いあいだ泣いていた。

あの日、わたしは4人部屋にいた。だが、母が「お金はわたしが払うから」と言って、個室に移る手続きをしてくれた。個室の入院費はとても高いから、わたしは遠慮をした。けれど、母は譲らなかった。

中学校から大学まで私立に通ってお金を使わせた上に、今はこんな費用まで母に負担させている。それを思うと辛かった。

わたしは両親の誕生日にプレゼントをしたこともなければ、彼らの結婚記念日に花を贈ったこともなかった。

わたしが友里を産んだ時、父や母は『笑子がくれた最高のプレゼントだ』と言って歓喜した。けれど、そのたったひとりの孫の親権も夫だった男に取られてしまい、母はもう10年も孫の顔を見ていなかった。

ああっ、わたしは何て親不孝な娘なんだろう。自分でも悲しくなる。

この豪華な個室で、わたしが1日生きながらえれば、その分、母の経済的な負担は重くなる。だとしたら、金食い虫のわたしなんて、早く死んでしまえばいい……わたしは今、そんなふうにも思っている。

6

入浴を終えると、わたしはまた廊下の手摺りに縋り付きながら自分の病室に戻った。入浴で体力を消耗したせいか、帰りは来る時より大変だった。鎮痛剤が切れて来たようで、左肩から腕にかけての痛みも募っていた。

それでも、3日ぶりに体を洗ったおかげで、気分は悪くなかった。わたしは少し清《すが》清《すが》しい気持ちで、部屋のベッドに身を横たえた。

窓が本当に大きいおかげで、病室は眩《まぶ》しいほどに明るかった。部屋の中には相変わらず、薔薇の香りがほのかに漂っていた。今朝、わたしが体に吹き付けた香水の香りもした。

リクライニングを倒して仰《あお》向《む》けになる。柔らかな枕に後頭部を沈め、東側の大きな窓のほうに顔を向ける。じっと見ていると、バッタみたいな緑色の虫を咥えたヒヨドリがハナミズキに戻って来た。

ヒヨドリは庭のフェンスに止まって、しばらく辺りを見まわしていた。きっと外敵を警戒しているのだろう。だが、やがて鬱蒼と茂ったハナミズキの中に姿を消し、直後にまた樹から出て来て、新たな昆虫を求めてどこかに飛び立って行った。

そう。こんなふうにして、ヒヨドリはほとんど5分おきに、巣の中で待っている雛のために、餌となる昆虫を運び続けていた。

ああっ、あんな鳥でさえ、こんなに一生懸命に子育てをしている。それなのに、わたしは……。

わたしはつくづく、自分が情けなかった。


わたしは静岡県の浜松市という街に生まれ、高校を卒業するまでその街で育った。父は大手のオートバイ工場の工員で、母は近所のスーパーマーケットの店員だった。美子という名の2歳下の妹がいた。

こんなことを言うと、自慢しているように聞こえるかもしれないけれど、わたしは昔からとても綺麗で、スタイルが抜群だった。高校2年と3年の時には、2年連続で学園祭のクィーンに選ばれたほどだった。男子生徒にも人気で、高校の3年間だけでも、数え切れないほどたくさんの男の子たちから交際を求められたものだった。

地元の私立高校を卒業すると、わたしは東京の私立大学に進学するために上京し、世田谷区内のワンルームマンションでひとり暮らしを始めた。あの頃のわたしは漠然と、将来は英語の教師になれたらいいと思っていた。英語が得意だったのだ。

大学生活は楽しかったけれど、仕送りだけでは、友人たちとお酒を飲みに行ったり、ブランド物を買ったりすることが難しかった。それで小遣いを稼ぐために、入学してすぐにアルバイトを始めた。

最初の数カ月は、ファーストフード店やコンビニエンスストアで働いていた。だが、やがて同じクラスの女友達に誘われて、夜の店で働くようになった。ミニ丈の派手なドレスやスーツをまとい、濃くお化粧をし、男の人の隣に座ってお酒の相手をする仕事だ。

わたしを誘った友人は、「わたしには水商売は合わないみたい」と言って、すぐに辞めてしまった。

けれど、わたしは水商売が嫌いではなかった。男の人のお酒の相手をしながら笑っているだけで、ファーストフード店やコンビニエンスストアで働くよりずっといいお金になったから、当時のわたしにはとても割のいい仕事に思われた。

わたしが水商売をしていることを知った両親は、「そんなことをさせるために大学に行かせているわけではない」と激怒した。ふたりはわたしのマンションにやって来て、水商売を辞めるようにわたしを説得した。

けれど、わたしは夜の仕事を辞めなかった。法律に触れるような悪いことをしているわけではなく、ちゃんと真面目に働いているのだから、なぜ辞めなければならないのかがわからなかった。

大学での4年間、わたしはずっと夜の店で働き続けていた。それだけでなく、卒業後も就職をせずに水商売を続けた。英語の教師になるよりも、華やかに着飾って働くことのできる夜の仕事のほうが、ずっと自分に合っていると感じたのだ。

将来のことは考えなかった。あの頃のわたしは、自分だけは年を取らないと思っていたのかもしれない。

大学を卒業した年の夏、23歳の誕生日を迎えた直後にわたしは妊娠をした。お腹《なか》の子の父親は店の常連客で、恋人として付き合っていた10歳上のサラリーマンだった。

突然の妊娠に、わたしはひどく驚いた。けれど、嬉しくもあった。わたしは彼のことが大好きだったから、その人とのあいだに赤ん坊ができたということが嬉しかったのだ。

わたしの妊娠を知ると、彼もまたとても喜んだ。そして、すぐにわたしに結婚を申し込んだ。

「今はお金がなくて結婚式はできないけど、赤ん坊が生まれて落ち着いたら、ちゃんとした結婚式を挙げよう。どこか海外に新婚旅行にも行こう」

優しく微笑みながら、彼はわたしにそう言った。

もちろん、わたしは彼の求婚を受け入れた。

その直後に、わたしは店を辞めた。そして、彼と結婚して『田端笑子』になり、彼が暮らしていた横浜市保土ケ谷《ほどがや》区の賃貸マンションに移り住んだ。

わたしの妊娠を聞いた両親はひどく驚いた。けれど、結婚に反対するようなことはなかった。上京したふたりは結婚祝いとして、わたしたちにまとまったお金をくれた。

父は夫となった男に、「至らない娘ですが、よろしくお願いいたします」と言って深深と頭を下げた。わたしには「笑子、幸せになれよ」と言って笑った。

父に言われるまでもなく、わたしは幸せになるつもりだったし、わたしの実家と同じように、笑みの絶えない明るい家庭を築くつもりだった。そんなことは、簡単なことだと思っていた。

けれど、田端笑子となったわたしの顔からは、あっと言う間に笑みが消えていった。妊娠しながらの家事は、想像していたよりずっと大変だった。つわりもひどくて、一日に何度もトイレに駆け込んで嘔吐《おうと》しなければならなかった。

それでも、わたしは体の不調を押して、一生懸命に家事をし、食事の支度をしたつもりだった。けれど、夫となった男は、『家の中が散らかっている』『飯がまずい』『生活費を使いすぎる』と、険しい顔をして文句ばかり言っていた。それは恋人だった頃とは別人のような態度だった。

わたしは着飾ることや、お洒落をすることが好きだったから、独身の時には水商売で稼いだお金のほとんどをそのことに費やしていた。けれど、夫から渡されるわずかばかりの生活費では、新しい服や靴やバッグを買うことはできなかったし、化粧品やアクセサリーを買うこともできなかった。ネイルサロンやエステティックサロンに通うどころか、美容室に行くことさえもままならなかった。

新婚生活はわたしに多くのストレスをもたらした。だが、翌年の3月に友里が生まれると、わたしのストレスはさらに募った。出産後のわたしはひどく体調を崩した上に、赤ん坊が絶えず何かを要求し、気の休まる時間がまったくなくなってしまったのだ。

「俺は外で働いているんだ。家に帰ってまで働かせるな」

夫はそう言って、家事や子育てを少しも手伝ってくれなかった。その言葉に、わたしは激しく苛立《いらだ》った。

結婚前に彼は、赤ん坊が生まれて落ち着いたら結婚式を挙げよう、新婚旅行にも行こうと言っていた。確かにそう言っていた。けれど、結婚してからは、ただの一度もそのことを口にしなかった。

結婚前、わたしは彼が大好きだった。自分は彼と出会うためにこの世に生を受けたのだと思ったほどだった。

けれど、その気持ちは結婚して数カ月で、霧のように消えてしまった。そして、友里が生まれた時には、夫に対する愛はまったくなくなっていた。

ただでさえ細かったというのに、出産後のわたしは5キロ近くも体重が減って、体力がひどく落ちていた。数段の階段を上ることにさえ苦労するほどだった。それでも、辛い体に鞭を打って、赤ん坊の世話をし、洗濯と掃除と買い物と食事の支度をしなければならなかった。

赤ん坊だった友里は、お腹が減った時やおしめが汚れた時だけでなく、意味もなくよく泣いた。眠っている以外の時には、ほとんど泣いていたと言ってもいいほどだった。夜も3時間おきに目を覚ましてミルクをねだったから、あの頃のわたしはいつも睡眠不足で頭がぼんやりとしていた。

わたしがそんな思いをしているというのに、夫はただの一度だって友里に授乳したことはなかった。おしめを替えてくれたこともなかった。友里が泣き出すたびに、「早く黙らせろ」と苛立った口調で命じただけだった。

そんな日々の中で、わたしは昼間からお酒を飲むようになった。お酒を飲んでいるあいだは、辛いことも忘れられたからだ。

お酒の量はどんどん増えていった。そして、お酒の量に比例するかのように、わたしはどんどん無気力に、どんどん投げやりになっていった。

妻が昼間からお酒を飲んでいることに気づいた夫は、わたしをなじり、罵《ののし》り、お酒をやめるように強く命じた。わたしが命令に従わないと、今度は激しい暴力に訴えた。その暴力と暴言により、わたしは自暴自棄になり、さらにお酒を飲むようになった。

友里が大きくなってからも、わたしはお酒を飲み続けた。

あの頃のわたしは、お酒が特に好きだったというわけではなかったと思う。それでも、気がつくと、何となくお酒のビンに手を伸ばし、昼間から酔っ払っているような日々が何年も続いた。

「頼むから、この家を出て行ってくれ」

そう言って、夫が離婚を切り出したのは、今から10年前の夏、わたしが30歳の時のことだった。

もはや彼への愛情を完全になくしていたわたしは、その申し出にあっさりと同意した。友里の親権も夫に渡してしまった。

あの時には、親権がほしいとはまったく思わなかった。ヒヨドリとは違って、わたしにはきっと母性本能というものが生まれつき欠如しているのだろう。

離婚したわたしは、大学生の頃と同じように、世田谷区内のワンルームマンションに暮らすようになった。そして、すぐに夜の店で働き始めた。わたしには水商売のほかにできることがなかったのだ。

綺麗でスタイルがいいだけでなく、わたしはとても聞き上手だったから、かつてはどの店でも売れっ子で、売上はどの店でもトップクラスだった。

そう。あの頃は、本当にたくさんの男の人たちが、わたしを目当てに店に来てくれていたのだ。

けれど、30歳で水商売に戻ると、以前とは状況がまったく違っていた。わたしより綺麗でもなく、スタイルもよくない若い女たちが、ただ若いというだけで、ちやほやされるようになっていたのだ。

そんなわけで、夜の仕事から得られる報酬は、かつてに比べると激減した。

離婚してからのわたしは、決して派手な暮らしをしていたわけではなく、かつてに比べると質素に生きていたつもりだった。それにもかかわらず、やがてわたしは借金の返済に追われるようになり、たった15平方メートルのワンルームマンションの家賃の支払いにも困るようになってしまった。

しかたなく、わたしは消費者金融の業者から紹介された風俗店で働き始めた。

そういう仕事をすることに、最初のうちは抵抗があった。けれど、すぐに何も感じなくなった。

35歳の頃からは出張売春婦になった。その時にはすでに、体を売るということへの抵抗感はほとんどなくなっていた。

転落……たぶん、そういうことなのだろう。

7

ノックの音にわたしは目を覚ました。いつの間にか微睡《まどろ》んでいたらしかった。

「大和田さん、入っていい？」

ドアの向こうから、ボランティアの清水さんの声がした。

「清水さん、入って」

そう言って微笑むと、わたしはリクライニングボタンを操作して、ゆっくりとベッドを起こした。

眠る前に服用した鎮痛剤が効いているのだろう。左肩から腕にかけての疼痛《とうつう》は、いくらか和らいでいた。

「ほらっ、買って来たわよ」

汗をかいた白ワインのボトルと、カートンに入ったメンソールの煙草を掲げて清水さんが笑った。

「ありがとう、清水さん」

「どういたしまして。このワイン、1万2000円もしたけど、これでよかった？」

よく冷えたワインのボトルを、わたしに差し出して清水さんが訊いた。

わたしは受け取ったワインのラベルを見つめた。清水さんが買って来てくれたのは、わたしの大好きなピュリニー・モンラッシェだった。

「うん。これでいいの。嬉しいわ。あとで飲むから、冷蔵庫に入れておいて」

冷たいボトルを清水さんに返すと、わたしは右手だけで煙草のカートンを開き、パックのひとつを取り出した。そして、買って来てもらったばかりの煙草の1本を咥《くわ》え、さっそくライターで火を点《つ》けた。

深く吸い込み、静かに煙を吐き出す。明るい部屋に真っ白な煙が、ゆっくりと広がって行く。頭の中心部が微《かす》かに痺《しび》れ、頬にほんの少し鳥肌ができる。

清水さんが煙たそうな顔をし、窓辺に寄って窓をいっぱいに開ける。その窓に吸い込まれるかのように、煙が外に流れ出て行く。開かれた窓から、鳥たちの声が聞こえる。

「そういえば、清水さん、初めてのお孫さんができたんですってね」

マニキュアの光る右手の指に挟んだ煙草をふかし続けながら、わたしは言った。

「あら、よく知ってるわね。誰から聞いたの？」

「小松さんが言ってたわ」

「そうなのよ。ちょっと前に長女が女の子を産んだの」

清水さんが嬉しそうに言った。

「女の子なの？　赤ちゃんの写真、持ってる？」

「ええ。見たい？」

そう言うと、清水さんはわたしの返事も待たず、エプロンのポケットからスマートフォンを取り出した。そして、ボタンを少し操作してから、「これが初孫よ」と言ってそれをわたしに差し出した。

清水さんから受け取ったスマートフォンのパネルには、淡いピンクのベビー服に身を包んだ太った赤ん坊が映っていた。それを見て、わたしは赤ん坊だった頃の友里を思い出した。

「可愛い……すごく可愛い」

赤ん坊の写真を見つめて、わたしは言った。それはわたしの本心だった。

そう。今、わたしは清水さんの孫を、心から可愛いと……とても無力で、とても弱弱しくて、常に誰かの助けを必要としていて……だからこそ、そばにいる人が見守り、大切にしてあげなければならない存在なのだと感じていた。そして、自分がそんなふうに感じたことに、少し驚いてもいた。

赤ん坊だった頃の友里を、わたしは可愛いと感じたことがほとんどなかった。それどころか、友里のことを、わたしを束縛する鬱陶しい存在だと思っていた。この赤ん坊のせいで、わたしは自由を奪われていると感じていた。

「みちるっていうのよ」

スマートフォンを見つめているわたしの耳に、清水さんの声が届いた。

「みちるちゃん？」

わたしは顔を上げ、清水さんを見つめた。

「ええ。ひらがなでみちるって書くの。可愛い名前でしょう？」

清水さんが笑った。その顔は羨《うらや》ましくなるほどに幸せそうだった。

赤ん坊の写真を何枚か見せてもらったあとで、わたしはスマートフォンを清水さんに返した。それから、言った。

「実は、わたしにも娘がいるのよ」

「そうなの？」

少し驚いたように清水さんが言った。

ここに面会に来てくれるのは、母と美子だけだったから、清水さんはわたしが未婚だと思っていたのかもしれなかった。

「ええ。友里っていう名前なの。もう16歳の高校2年生なのよ」

わたしは言った。娘の名前を口にするのは、とても久しぶりだった。

「大和田さん、そんなに大きい子がいるんだ？　娘さんの写真はある？」

「あるわよ」

わたしは吸っていた煙草を灰皿に押し潰し、サイドテーブルの上にあった携帯電話を手に取った。

長い爪の先で小さなボタンを操作し、データホルダーを呼び出す。そこから高校の制服姿の友里の写真を選び出す。

写真の友里は、とてもほっそりとした華奢《きやしや》な体つきをしていた。きっとわたしに似たのだろう。脚と腕、それに首がひょろりと長かった。下着が見える寸前まで短くしたチェックのスカートから突き出した2本の脚は、生まれたばかりの子鹿のように細かった。

けれど、その写真は、ほかの女子生徒たちと一緒に高校の門から出て来たところを、かなり離れたところから撮影したもので、友里の姿はあまりはっきりとは写っていなかった。その可愛らしい顔もよく見えなかった。

エプロンのポケットから取り出した老眼鏡をかけると、清水さんはわたしから受け取った携帯電話を見つめた。

「どの子が娘さんなの？」

老眼鏡の上から目をのぞかせて、清水さんが尋ねた。

「この子、この子が友里よ」

わたしはベッドから身を乗り出し、長い爪の先で画面の中の友里を指さした。体の下敷きになった左の肩が、ずきんと鈍く痛んだ。

「ああ。この背の高い子ね。ほかの子たちに比べると、随分と細くて、すごくスタイルがいいのね」

「そうなの。友里はわたしに似てるの。その写真じゃよく見えないかもしれないけど、わたしと同じように、友里もすごく綺麗なのよ」

無意識に微笑みながら、わたしは言った。娘の名を口にするたびに、胸が切なく疼《うず》くように感じられた。

「もっと大きく写ってる写真はないの？」

老眼鏡をかけた目に、携帯電話を近づけたり離したりしながら清水さんが訊いた。

「それがないのよ。最近の写真はそれだけなの」

言い訳でもするかのように、わたしは小声で言った。

「そうなの？」

清水さんが不思議そうにわたしを見つめた。けれど、それ以上の質問はしなかった。

8

清水さんが病室を出て行ったあとで、ヒヨドリが行き来しているキンモクセイを眺めながら、わたしは娘のことを考えた。

わたしが夫に横浜の家を追い出された時、友里はまだ6歳、小学校の1年生になったばかりだった。その頃のわたしには、月に一度、娘との面会が許されていた。

毎月、第一日曜日の昼に、わたしたちはファミリーレストランやファーストフード店などで待ち合わせた。そして、ランチのあとで、友里が行きたがるところに、たとえば、遊園地や水族館や動物園や映画館に行ったものだった。百貨店やショッピングモールに行って、友里に洋服や靴を買ってあげたこともあったし、ふたりでアイススケートやボウリングをしたこともあった。カラオケ店に行って、一緒に歌ったことも何度かあった。

そういう時、わたしは必死で母親らしくしようと努めた。一緒に暮らしていた頃のわたしは、友里に母親らしいことはほとんどしていなかったから、せめてその償いをしたいと考えていたのだ。

あの頃は友里も、わたしに会うと嬉しそうにしていた。そして、その1カ月のあいだにあったことを、まくしたてるように話したものだった。

けれど、時間が経《た》つにつれて、わたしに対する友里の態度は少しずつぎこちなく、少しずつよそよそしくなっていった。やがては、わたしと会っている時でも時間ばかりを気にするようになり、早く帰りたそうにするようになった。

「もうお母さんとは会いたくない」

友里がそう言い出したのは、彼女が9歳の誕生日を迎える直前のことだった。

「どうして？」

びっくりしてわたしは訊いた。

けれど、友里は顔を強ばらせ、「会いたくないから、会いたくないの」と、わたしの顔を見ずに言っただけだった。

もしかしたら、夫だった男が友里にわたしの悪口をさんざん吹き込んだのかもしれない。あるいは、一緒に暮らしているらしい彼の母親が、孫である友里にわたしのことを悪く言っていたのかもしれない。結婚してからずっと、義母は「派手だ」「家庭的でない」「化粧が濃い」「母親失格」などと言って、わたしを毛嫌いしていた。

いずれにしても、会いたくないと言われれば、無理強いをすることはできなかった。

今から7年と少し前の3月の第一日曜日が、わたしたちの最後の面会日になった。

娘と一緒に暮らしていた頃には、あんなに鬱陶しいと感じていたというのに……この子なんか、生まれて来なければいいと思ったことさえあったのに……会えなくなると、会いたいという気持ちが募った。

わたしはしばしば、友里が通う学校に行った。そして、門の近くに隠れて、下校する娘をそっと盗み見たものだった。

時の流れとともに、友里はどんどん大きくなっていった。そして、どんどん大人びて、どんどん綺麗になっていった。

いつだったか、友里が中学生の時、放課後に校門から出て来た友里に、わたしは思い切って声をかけたことがあった。

どうしても、友里と話がしたかったのだ。できることなら、昔みたいにふたりで食事をしたかったのだ。友里がほしがるものを、買ってあげたかったのだ。

けれど、友里の口から出た言葉は、「もう来ないで」という冷たい一言だけだった。

その後も何年にもわたって、わたしはしばしば、友里が通う学校の門のそばで彼女を待ち伏せした。

その後のわたしは、友里に声をかけなかった。ただ、そのほっそりとした姿をそっと盗み見ていただけだった。

ついさっき、清水さんに見せた写真は、1年ほど前に、電信柱の陰からこっそりと撮影したものだった。

今の友里はわたしにとてもよく似ている。背が高くて、とてもほっそりとしていて、腕と脚と首がとても長い。友里は昔からとても整った顔をしていたが、最近は見るたびに綺麗になっていた。

その姿はまるで、少女の頃のわたしを鏡で見ているかのようだった。

友里に会いたい。友里と話したい。もう一度、友里を抱き締めたい。

死を目前にして、その思いがさらに募った。

このホスピスに転院してすぐに、わたしは夫だった男に電話をした。

「友里と会いたいの。わたしの最後のお願いよ。友里をここに来させて」

かつて夫だった田端英秋《ひであき》というその男に、わたしは必死になって哀願した。

だが、彼は『友里はお前には会いたくないそうだ』と冷たく言っただけだった。

友里に会いたい……生きているうちに、もう一度だけ、友里に会いたい。

それがわたしの最後の望みだった。

9

煙草をもう1本、ゆっくりと吸ったあとで、わたしはベッドを出た。そして、部屋の片隅の小さな冷蔵庫を開け、清水さんに買って来てもらったばかりの白ワインのボトルを取り出した。

使い込んだソムリエナイフで、濃い緑色をしたボトルの口からコルクの栓を抜く。

かつてのわたしは、ワインのコルクを抜くのが得意だった。だが、左腕がほとんど動かせないということもあって、今ではそんなことでさえ一苦労だった。

ようやくコルク栓を抜き取ると、わたしは食器棚から取り出した大きなグラスに、濃い黄金色をした液体を静かに注ぎ入れた。ブルゴーニュ・グラスと呼ばれるタイプのその洒落たグラスは、ここに転院する時にわたしが自宅から持って来たものだった。サイドテーブルの脇に置かれた椅子に、ゆっくりと腰を下ろす。痩せ衰えた指でワインの満ちたグラスを静かに持ち上げ、「乾杯」と誰にともなく呟く。グラスに鼻先を近づけ、そこから立ちのぼる香りをそっと吸い込む。

アカシアの蜂蜜みたいな香り……グレープフルーツのような柑橘系の香り……カリンを思わせる芳香……パイナップルみたいなにおい……白桃のような香り……グリセリンを思わせる少し人工的な芳香……スイカズラの花みたいな甘い香りが少し……それから、新しい木樽に由来するヴァニラのような芳香……。

「ああっ、素敵……」

また誰にともなく、わたしは呟いた。それから、グラスの縁にそっと唇を寄せ、中の液体を静かに口に含んだ。

舌を心地よく刺激する強い酸味……その後で舌全体に広がっていく柔らかな苦み……新樽から与えられた、くどくない香ばしさ……ほんの微かな渋み……熟成が進んでいるために、葡萄のフルーティさはやや失われているけれど、ミネラル感がたっぷりで、驚くほどに味が濃く、余韻がとても長い。

「おいしい……」

ひとりきりの病室で、わたしはまた低く呟いた。

こうして高価なワインを味わうことが、ここでのわたしに与えられた最大の贅沢のひとつだった。

グラスの華奢な脚を指先で優しく支え、わたしはサイドテーブルの上でゆっくりとグラスをまわした。

グラスの中で黄金色の液体が揺れて波打ち、よく熟成したワインの香りがさらに濃厚に、さらに芳醇《ほうじゅん》に立ちのぼった。そして、わたしは、ひとりの男の人のことを思い出した。


30歳で夜の仕事に戻ったばかりの頃、わたしを目当てに毎日のように店に来てくれるお客さんがいた。

磯村《いそむら》賢介さん……確か、そういったと思う。彼はわたしより5つか6つ年上で、ヨーロッパ、主に南フランスからワインの輸入をする会社を経営していた。

あの頃、午後になると、わたしはほとんど毎日、磯村さんの携帯に電話を入れた。わたしが勤める店に行く前に、ふたりで待ち合わせをして食事をするのが常だったのだ。

磯村さんはいつも、ワインが豊富に置かれている店にわたしを連れて行ってくれた。フランス料理やイタリア料理の店が多かったけれど、日本料理店や中国料理店に行くこともあったし、料亭やお寿司屋さんに行くこともあった。食事のあとで、ワインバーのようなところに行くこともあった。

そういう店では、いつも磯村さんがワインを選んだ。主に南フランスのワインを扱う仕事をしていたけれど、彼はフランス北東部のブルゴーニュ地方、特にコート・ドール地区のワインが好きだった。

食事をしながら、磯村さんはよくワインの話をしてくれた。それでわたしもブルゴーニュ地方のワインにだけは、少し詳しくなった。

磯村さんは奥さんと離婚したばかりだった。子供はいないと言っていた。彼は背が高く、痩せていて、ハンサムで上品で優しかった。ワイングラスを持つ指は、女の人みたいに細くて長かった。会社の経営は順調で、お金もたくさん持っているみたいだった。

　プロポーズをされたことはなかったけれど、あの頃のわたしは、磯村さんの妻になることを夢見ていた。彼は会うたびにわたしのことを、「綺麗だね」「可愛いね」「君といると落ち着くよ」と言ってくれたから、近いうちに求婚されるだろうと思っていたのだ。

　磯村さんに求められ、ほとんどためらうことなく、わたしは体を許した。打算からではなく、彼が好きだったからだ。

　そういうことをするために彼がわたしを連れて行くのは、安っぽいラブホテルのようなところではなく、いつも一等地に聳《そび》える洒落たシティホテルの部屋だった。リビングルームとベッドルームが別々になっている豪華なスイートルームのこともあったし、東京の夜景が一望できる超高層ホテルの上層階の部屋のこともあった。

　優しくて物静かな人柄とは裏腹に、ベッドでの磯村さんの行為はいつも激しくて、荒々しくて乱暴だった。さっきまでとは別人なのかと思うほどだった。

彼は背後からわたしを犯すのが特に好きだった。それで、たいていの時、わたしは猫のような四つん這《ば》いの姿勢を取るように命じられたものだった。

ベッドマットに両肘を突き、左右に大きく脚を広げて四つん這いになったわたしの背後にひざまずき、磯村さんはいつもわたしの小さな尻を両手でがっちりと、指の跡が残るほど強く摑んだ。そして、硬直した男性器の先端を女性器に宛てがい、わたしの腰を引き寄せるようにして挿入を開始した。

わたしの手首ほども太い男性器が、膣口を強引に押し広げ、膣の内側を擦《こす》り上げるようにして、わたしの中にズブズブと入って来た。

「あっ……うっ……」

その圧迫感のあまりの強さに、わたしは思わず呻《うめ》き声を漏らした。太腿《ふともも》の内側の筋肉がブルブルと震えた。

わたしの中に深々と挿入を果たすと、磯村さんはいつも、これでもかというほど荒々しく男性器の出し入れを始めた。その行為の途中で、わたしの乳房を痛いほど乱暴に揉《も》みしだくこともあったし、背後から髪を摑んで力任せにわたしを振り向かせ、唇を荒々しく貪《むさぼ》ることもあった。

「あっ……いやっ……磯村さんっ……ああっ……ダメっ……」

石のように固い男性器で子宮を何度も突き上げられ、わたしはいつも両手でシーツを破れるほど強く握り締めた。そして、栗色の長い髪を激しく振り乱し、華奢な体をのけ反らし、悲鳴にも似た声を絶え間なく上げたものだった。

華奢な体つきとは対照的に、磯村さんの性器は信じられないほどに太くて、驚くほどに長かった。硬直しきったそれが勢いよく突き入れられた瞬間の衝撃は本当に激しくて、わたしはいつも子宮が破裂してしまうのではないかと思った。あるいは、膣が裂けてしまうのではないかと思った。

行為の最後のほうでは、わたしはいつもヘトヘトになってしまい、ベッドにしがみつき、シーツに顔を押し付けて呻き続けた。糊の利いた白いシーツにはいつも、わたしの唾液で大きな染みができ、唇に塗ったルージュやグロス、それにファンデーションやアイシャドウなどがたっぷりと付着してしまったものだった。あまりに強くシーツを握り締めていたために、長く伸ばした爪が折れてしまったこともあった。

彼との行為では、わたしはほとんど快楽を覚えなかった。それは本当に激しくて、本当に長くて執拗で、拷問か刑罰でも受けているかのようにさえ感じられた。

「ああっ……いやっ……もう、ダメっ……ああっ、いやっ……もう許してっ……」

静かな部屋の中にはいつも、男性器と女性器がせわしなく擦れ合う淫靡《いんび》な音と、汗ばんだふたりの肉体がぶつかり合う音、それに、わたしの口から漏れる苦しげな呻きや喘《あえ》ぎが延々と響き続けていた。

磯村さんは疲れを知らないロボットのようで、その行為は最低でも10分以上、時には20分も30分も続いた。もっと長いこともあった。

あまりに長いあいだ喘ぎ声を上げていたために、行為のあとではわたしの声が嗄《か》れてしまうこともあった。ふたりの体はいつも、オイルを塗り込めたのではないかと思うほどの汗にまみれていた。

行為の最後には、磯村さんはいつもわたしの口に体液を放出したがった。それでわたしは、彼が絶頂に達した瞬間に、いつも目を閉じ、大きく口を開いて待ち受けた。

そんなわたしの口の中に磯村さんはベトベトになった男性器を深く差し込み、それをヒクヒクと痙攣《けいれん》させながら、粘り気の強い熱い液体を大量に注ぎ入れた。

わたしは昔から精液を嚥下《えんげ》するのが好きではなかった。生臭くて、しょっぱくて、粘り気が強くて、生温かくて、まったくおいしいとは思えなかった。それに、精液を飲まされるというのは、何となく屈辱的なことに思われたのだ。

それでも、磯村さんとの行為では、わたしはいつも命じられる前に、口の中のドロドロとした液体を喉を鳴らして飲み下した。

そう。わたしは磯村さんに少しでも気に入られたかったのだ。彼の求婚を待ち望んでいたのだ。

荒々しい行為のあとでは、磯村さんはまたいつもの優しい彼に戻り、腕枕をしながら長い指でわたしの髪を優しく梳《す》いてくれた。

「笑子、好きだよ。僕は本当に笑子が好きだ」

わたしの顔に湿った息を吹きかけて、磯村さんはしばしばそう言った。店では別の名を使っていたけれど、わたしは彼が好きだったから、会ってすぐに本名を教えていた。

「わたしもよ。わたしも磯村さんが好きよ。大好きよ」

わたしはいつも、うっとりとなって言った。彼との性行為では快楽を覚えなかったし、荒々しく犯された女性器や、激しく揉みしだかれた乳房や乳首が鈍く疼いていたけれど、愛する人と一緒にいるという喜びと恍惚感が全身を満たしていた。

磯村さんはいつ、プロポーズをしてくれるのだろう？　どんな結婚式を考えているのだろう？　新婚旅行にはどこに連れて行ってくれるのだろう？　わたしの新居になる磯村さんの家は、どれぐらい立派なのだろう？

あの頃のわたしは、いつもそんなことを考えていた。

10

出会ったばかりの頃、わたしたちは毎日のように待ち合わせて食事をし、それから、わたしが働いている店に行った。わたしの店でも磯村さんはいつも、たくさんのお金を落としてくれた。

けれど、そのうちに、彼と会えるのは3日に一度になり、1週間に一度になり、1カ月に一度になった。そして、やがて、まったく会えなくなってしまった。

わたしはほとんど毎日、磯村さんに電話をしていた。彼はそのたびに、「仕事が忙しくてね」と言い訳をした。

ある晩、わたしが出勤のために繁華街を歩いていたら、向こうから磯村さんが来るのが見えた。驚いたことに女が一緒だった。

磯村さんの連れていた女は、とても踵《かかと》の高いサンダルを履いていて、華奢な体に張り付くような超ミニ丈のワンピースをまとっていて、金色の豊かな髪をなびかせていて、明らかに水商売をしているように見えた。その女はすらりと背が高く、とてもほっそりとしていて、化粧が濃く、なかなか綺麗で……そして、わたしよりずっとずっと若かった。

わたしが磯村さんに気づくと同時に、彼もまたわたしに気づいた。

わたしたちは無言のまま擦れ違った。彼はわたしに声をかけて来なかったし、わたしもまた彼に声をかけなかった。

その日から、わたしは磯村さんに電話をするのをやめた。磯村さんのことを考えるのもやめた。

それでも、彼に教えてもらったワインを飲むのはやめなかった。

グラス1杯の白ワインを、わたしはゆっくりと飲み続けた。

かつてのわたしは、いくら飲んでもめったに酔っ払わなかった。けれど、今ではたった1杯のワインでいい気分になった。

ヒヨドリの甲高い声が聞こえ、わたしは窓のほうに顔を向けた。

巣で自分を待っている雛たちのために、ヒヨドリは休むことなく餌となる昆虫を運び続けていた。その健気《けなげ》で必死な姿を見ていると、胸が熱くなった。

わたしだって、一生懸命に生きて来たつもりだった。幸せになるために努力して来たつもりだった。それなのに……いったい、どこで、何が狂ってしまったのだろう？

わたしには自分がしくじった理由がわからなかった。だから、もう一度、人生をやり直したとしても、また同じことになるのだろう。たとえ生まれ変わったとしても、わたしはそのたびにしくじるのだろう。

わたしはふーっと長く息を吐いた。それから、華奢なブルゴーニュ・グラスを持ち上げ、中に残っていた黄金色のワインを飲み干した。

第2章

1

また朝が来た。

ああっ、生き延びた——。

いつもの朝と同じように、わたしは思った。

このホスピスに転院して来てから、夜、眠りに落ちる時にはいつも、「もう目が覚めないのではないだろうか」と思う。「わたしはこのまま、死んでしまうのではないだろうか」と——。

そして、朝、目覚めた瞬間には、いつも、生き延びたと思う。

リクライニングボタンを操作して、ゆっくりと上半身を起こす。あくびをしながら、窓のほうに目をやる。

きょうも天気がよさそうだった。遮光カーテンの隙間から、日の光が細く差し込んでいた。その強い光の筋の中を、無数の埃《ほこり》がゆらゆらと漂っていた。

窓の向こうから、笛でも吹いているかのように甲高いヒヨドリの声がした。そういえば、夢の中でもその声が聞こえていたような気がする。

きっと明るくなってからずっと、ヒヨドリは休むことなく、餌を運び続けているのだろう。ほとんど5分から10分おきに、雛の餌となる昆虫を巣に持ち帰っているのだろう。

わたしは右腕だけを頭上に掲げ、ゆっくりと伸びをした。それから、ベッドを出てスリッパを履くと、脚をふらつかせながら窓辺に歩み寄り、東側の窓にかかったカーテンをいっぱいに開けた。

磨き上げられた窓ガラスを通して、強い日差しに照らされた初夏の庭が見えた。

「ああっ、いい天気だ」

誰にともなく、わたしは言った。

ありがたいことに、昨日に続いてきょうも体調が悪くなさそうだった。左肩を中心とした疼くような痛みは相変わらず続いていたけれど、吐き気はなかったし、目眩も倦怠感もあまりなかった。熱もないように感じられた。

2日続けて体調がいいなんて、転院して来て初めてのことで、わたしは少しだけ嬉しくなった。

窓辺に佇《たたず》んで明るい戸外を眺め続けていると、また庭にヒヨドリが戻って来た。クチバシに咥えているのは、薄茶色をした小さなカマキリのようだ。

いつものように、ヒヨドリは庭を囲んだ金属製のフェンスにとまって、少しのあいだ、用心深く辺りを見まわしていた。それから、鬱蒼と茂ったハナミズキの中に勢いよく飛び込んでいった。

きっと今、巣の中では雛たちが、クチバシを大きく開いて親鳥に餌をねだっているのだろう。

雛たちが巣立つのを見たい。小町絞りの花を見るまでは死にたくない。

いつものように、わたしはまたそう強く思った。

2

体調のいい日にはいつもそうしているように、1時間ほどかけて入念にお化粧をしたあとで、わたしは淡いピンクのナイトドレスに着替えた。それから、朝食をとるために食堂まで歩いて行った。

大学病院にいた頃の食事は、お世辞にもおいしいとは言えなかった。ご飯も汁もおかずも冷めていて、味が薄くて歯ごたえもなく、プラスティック製の食器はとても安っぽくて、元気な人でさえ食欲をなくすほどだった。

そんなこともあって、大学病院でのわたしは、ほんの少しの食事しかできなかった。けれど、都内の有名なホテルの料理長だったという人が作るこのホスピスの食事は、朝食も昼食も夕食もびっくりするほどにおいしかった。食事の盛られている食器も、どれも美しくて上品だった。

ホスピスの患者にとって、食事はとても大切なものだから……もしかしたら、それがその人の最後の食事になるかもしれないのだから……だから、せめておいしいものを、素敵な食器で提供したいというのが、このホスピスの理事長の考えのようだった。

それでここではわたしも、たとえ食欲がない時でも、食事をとりたいと思うようになっていた。

明るく、静かで、広々とした食堂は、いつものように閑散としていた。窓辺のテーブルで車椅子に乗ったスキンヘッドの男性患者が、外の景色を眺めながら食事をしているだけだった。

このホスピスには22床のベッドがあり、たいていは20人前後の患者が入院していると聞いている。だが、食堂で食事をしている患者は、いつも3人か4人だけで、わたししかいないことも少なくなかった。

ほとんどの患者は具合が悪く、食堂にまで来ることができないのだ。あるいは、もはや口から食物を摂取することができないのだ。

わたし自身も体調のすぐれない日には、自分の病室に食事を運んでもらっていたし、もっと体調の悪い時には食事を断っていた。

「おはようございます、大和田さん」

わたしを見つけたボランティアの女性が、満面の笑みで歩み寄って来た。西川さんという初老のボランティアだった。

「おはようございます。西川さん」

西川さんに微笑みを返しながら、わたしは言った。

「朝ご飯よね？　何にします？」

気さくな口調で西川さんが訊いた。清水さんと同じように、彼女もこのホスピスができてからずっと、ここでボランティアをしているようだった。

「そうですね……きょうは調子がいいみたいだから、焼き魚定食を食べようかしら」

少し考えてから、わたしは言った。

ここでは毎日、３種類か４種類の朝食が用意されていた。

今朝は本当に体調がよくて、部屋でお化粧をしている時から、わたしは空腹を感じていた。ここに転院してから空腹を覚えるのは、初めてのことかもしれなかった。

「調子がいいのね。そういえば、大和田さん、顔色がすごくいいわ。それに今朝は、いつにもまして綺麗よ」

にこやかに微笑み続けながら西川さんが言った。

「本当ですか？」

「本当よ。あんまり綺麗で、憎らしくなるぐらい」

わたしは照れて笑った。それでも、綺麗と言われて、とても嬉しかった。昔からわたしは、容姿を褒められるのが大好きだった。

「そうそう。朝ご飯、朝ご飯。ええっと……きょうの焼き魚は、干しサバと、塩鮭と、エボダイの干物と……それから、ギンダラの粕漬けがあるみたいだけど、大和田さん、何がいい？」

エプロンのポケットから出したメモを、老眼鏡越しに見つめて西川さんが訊いた。

「どれもおいしそうで、迷っちゃう……西川さん、何かお勧めはありますか？」

「わたしはギンダラがいいと思うわ。さっき、別の患者さんが食べてたんだけど、脂が乗ってて、柔らかそうで、すごくおいしそうだった。見てたら涎《よだれ》が出ちゃったわ」

眉を持ち上げ、おどけた口調で西川さんが言った。

清水さんと同じように、西川さんもわたしを特別視しなかった。

「そうですか。それじゃあ、ギンダラにします」

「うん。ギンダラがいいと思うわ。絶対においしいわよ。あら、やだ……また涎が出て来たわ」

手の甲で口を拭うようにして西川さんが笑った。「ええっと……大和田さん、ご飯はどうする？　お粥《かゆ》にする？　それとも普通のご飯がいい？」

「普通のご飯にしてください」

「じゃあ、すぐに用意するから、ちょっと待っててね」

そう言うと、西川さんは弾むような足取りで厨房に向かって行った。

ずんぐりとした西川さんの後ろ姿を、わたしはじっと見つめた。

ここでのボランティアの人たちは、報酬どころか交通費も受け取っていないと聞いている。それにもかかわらず、患者たちのために、みんな一生懸命に働いていた。そんなボランティアの人たちの姿を見ていると、わたしはいつも恥ずかしさに似た感情を覚えた。

そう。わたしはいつだって損得のことばかり考え、『他人のために』なんて考えたことはなかったから。

もし、生まれ変わることができたなら、今度はわたしもホスピスでボランティアをしよう。報酬なんて考えず、他人のために奉仕しよう。

わたしは思った。

けれど……たとえ何度生まれ変わったとしても、自分がそうしないことは、わたしがいちばんよく知っていた。

3

広い食堂の片隅のテーブルで食事をしていると、さっきまで窓辺にいたスキンヘッドの男の人が、わたしのいるテーブルに真っすぐに近づいて来た。車椅子を操作する男の人の顔には、恥ずかしそうな笑みが浮かんでいた。

「お食事中にすみません。あの……ここに来てもよろしいですか？」

スキンヘッドの男の人が照れたように尋ね、わたしは笑顔で彼の顔を見つめた。

「あの……特別な用事があるわけじゃないんですが……少しお話をさせてもらえたらと思って……」

言い訳をするかのように、男の人が怖《お》ず怖《お》ずと言った。

「ええ。いいですよ」

男の人の目を見つめて、わたしはにっこりと微笑んだ。

「それじゃあ、そうさせていただきます」

相変わらず、怖ず怖ずとした口調で言うと、男の人は車椅子をわたしの真向かいの位置につけた。

その男の人はひどく顔色が悪くて、頬がこけて目は落ち窪み、ギスギスに痩せてはいたけれど、上品で優しげで、なかなかハンサムな人だった。痩せ衰えているせいと、髪の毛がないせいで少し老けて見えたけれど、年はわたしより10歳ぐらい下、きっと30歳前後なのだろう。

「わたしは大和田といいます。大和田笑子です」

微笑みを続けながら、わたしは言った。男の人の話し相手をするのは、わたしがもっとも得意とすることだった。

「あっ……すみません……あの……僕、サイトウといいます。サイトウ・ヒロカズです。よろしくお願いします」

慌てたように男の人が言い、わたしに向かってペコリと頭を下げた。

そんな男の人を見つめて、わたしはまた微笑んだ。わたしは昔から、そんなふうにシャイな感じの男の人が好きだった。

ホスピスの食堂のテーブルに向き合って、サイトウ・ヒロカズという男の人とわたしは、しばらくのあいだ話をした。

彼はこれまでの自分の人生や病気について、いろいろなことをわたしに話した。かつて水商売をしていた時にはいつもそうしていたように、わたしはにこやかに頷《うなず》きながら、彼の話を聞いていた。

サイトウさんはまだ29歳だった。膀胱《ぼうこう》に発生した癌細胞が、わたしと同じように今では全身に広がってしまっているようだった。かつては75キロもあった体重が、今は50キロ近くになってしまったと言って笑った。

サイトウさんはひとりっ子で、独身で、病気になるまでは、東京の杉並区内にある家に両親と3人で暮らしていたようだった。コンピューターのプログラミングの仕事をしていて、その仕事があまりに忙しくて、健康診断を受けるのをおろそかにしていたということだった。手術や抗癌剤による治療を続けたが、主治医に見放され、このホスピスにやって来たのは、今から5日前のことだと言った。

そういえば何日か前、サイトウさんらしき車椅子の男の人が、中年の男女と一緒に廊下にいるのを見かけたような気がした。

「ひとりっ子なのに、孫の顔も見せられず、親より先に死んでしまうなんて、すごく親不孝だと思うんですけど……でも、まあ、これればかりはどうしようもないですね」

ぎこちなく微笑みながらサイトウさんが言い、わたしは落ち窪んでしまった彼の目を見つめて無言で頷いた。

サイトウさんの口調は、あっけらかんとしていて、自分のことではなく、ほかの誰かのことを話しているかのようでもあった。諦観《ていかん》のようなものが漂ってはいたが、その表情にも暗さはなかった。

けれど、このホスピスで死ぬと決めるまでには、彼の中でとてつもなく大きな苦悩と葛藤があったことは、わたしにはよくわかっていた。

わたしと同じように、彼もきっと両手で頭を抱きかかえて涙を流したことがあっただろう。自分の命を理不尽に奪おうとするものに、凄《すさ》まじい怒りを覚えたこともあっただろう。神を憎んだこともあったかもしれないし、健康な人々を妬《ねた》み、嫉《そね》んだこともあったかもしれない。大災害が来て、みんな一緒に死んでしまえばいいと考えたこともあったかもしれない。

少なくとも、ここに来るまでのわたしは、何度となくそんなことを考えていた。


サイトウさんはひとしきり自分のことを話したあとで、今度はわたしのことを訊いた。それでわたしも、これまでのことをできるだけ正直に話した。自分の病気に関することだけではなく、別れた夫のことや、友里のことも話した。ただ、ここに来るまで、体を売る仕事をしていたということは言わなかった。

彼は黙ってわたしの話に耳を傾けていた。

自分のことを話しているうちに、わたしはつい涙ぐんでしまった。彼の目も赤くなっていた。

「大和田さん……あの……言いたくないことを、無理に話させてしまったようで、すみません。許してください」

わたしの涙を見たサイトウさんが、慌てたように謝った。

「いいえ。いいんです。話せて楽になりました」

お化粧が崩れてしまわないように、わたしはハンカチで目を軽く押さえた。

「そうですか。それならいいんですが……」

「ええ。サイトウさんに話せて、本当によかったです」

わたしは言った。実際、自分と同じ境遇にある彼に自分の話をすることで、わたしは何だか解放されたような気持ちになっていた。

そう。辛いのはわたしだけではないのだ。わたしは若いけれど、彼はわたしより10歳も若いのだ。

「あの……僕、最初に廊下でお見かけした時から、大和田さんのこと、すごく綺麗な人だって思っていたんです」

頰のこけた顔に照れたような笑みを浮かべてサイトウさんが言った。

「ありがとうございます」

少し首をかしげるようにして、わたしは微笑んだ。耳たぶで大きなピアスが揺れた。

「あの……僕……女の人に話しかけたりするのはすごく苦手で……だから、恋人がいたこともないんですけど……でも、今、話しかけなかったら、もう大和田さんには二度と話しかけられないかと思って……あの……人生の最後に、こんなに綺麗な人と話ができてよかったです」

そう言うと、サイトウさんが青白かった顔を赤くした。

「わたしもサイトウさんと話ができてよかったです。よかったら、またお話をしましょうね」

わたしは言った。そして、また静かに微笑み、ハンカチでそっと目を押さえた。

4

病室に戻ると、わたしは携帯電話を取り出した。別れた夫に電話するつもりだった。夫だった男には、二度と会いたいとは思わなかった。話をするのも嫌だった。わたしが転落の人生を送ることになったのは、彼のせいでもあったのだ。

それでも、娘には……友里にはどうしても会いたかった。

随分と躊躇《ちゅうちょ》したあとで、わたしは思い切って夫に電話をした。ここに来てから、彼に電話をするのは3回目だった。

呼び出し音が数回続いたあとで、小さな電話から夫だった男の声がした。

『ああ、笑子か……まだ死んでなかったんだな』

電話に出た男がヘラヘラと笑いながら言った。

その言葉を聞いた瞬間、強烈な怒りが込み上げて来た。かつて妻だった女が死にかけているというのに、その男は何とも思っていないのだ。

「ええ。生きてたわ」

それでもわたしは必死になって怒りを抑え、できるだけ平然と言った。

『で、何か用かい？』

わたしが何のために電話をしているのか、彼にはちゃんとわかっているはずだった。それにもかかわらず、男はとぼけた口調でそう訊いた。

「わかってるでしょう？　友里のことよ。わたし、友里に会いたいの。もう、わたしには時間がないの。だから……お願い。友里をここに来させて」

その男には、今では憎しみしか感じていなかった。そんな男に願い事をするのは屈辱の極みだった。

それでも、わたしは必死になって哀願した。電話を握り締めて頭まで下げた。どうしても友里に会いたかったのだ。

『相変わらず、しつこいな、お前は。友里はお前にはもう会いたくないってさ。何度も同じことを言わせるなよ』

「そんなの嘘よ。友里が……そんなひどいこと言うわけないわ」

声を震わせて、わたしは言った。思わず涙が込み上げて来た。

『嘘じゃないさ。お前がホスピスにいて、もう長くないらしいから、気が向いたら会いに行ってやれって、俺は友里にちゃんと伝えたよ。そうしたら、友里は会いたくないって言ったんだ。あの人にはもう会いたくないって、はっきりと、そう言ったんだよ』

相変わらず、軽薄な口調で男が言った。

あの人――。

娘が言ったというその言葉に、わたしは唇を嚙み締めた。

「あなたから、もう一度だけ友里に頼んで。お願い。わたしは友里の母親なのよ。今、会わなければ、もう二度と会えないのよ」

縋《すが》るようにわたしは言った。溢《あふ》れ出た涙が、頰を伝って顎《あご》の先から滴り落ちた。

『そうだなあ……でも、最近の友里は俺の言うことなんか、聞かないんだよ。反抗期みたいでさ、俺の言うことなんか何ひとつ聞かないんだ』

笑いながら男が言った。

その男にとっては、友里がわたしに会いに行っても行かなくても、どちらでもかまわないのだ。わたしのことなど、その男には他人事《ひとごと》にすぎないのだ。

「それでも、お願い。わたしに会いに来るよう、友里に強く言って。お願い……わたし、生きているうちに、どうしても友里に会いたいのよ」

目からぽろぽろと涙を溢れさせながら、わたしは必死で言った。もう涙はとっくに尽きてしまったと思っていたのに、自分がそれほど泣けることが不思議だった。

『わかった。もう一度だけ、友里に言ってみるよ』

「本当？　本当に言ってくれるのね？」

『ああ。言うよ。でも、期待するなよ。お前がどんなにひどい母親だったかは、自分がいちばんよく知っているだろう？』

夫だった男が笑い、わたしは泣きながら、また唇を嚙み締めた。

電話を切ると、わたしはベッドに横になった。

お前がどんなにひどい母親だったかは、自分がいちばんよく知っているだろう？

白い天井をじっと見つめて、わたしは夫だった男の言葉を思い出した。

そう。わたしはひどい母親だったのだ。とんでもなくダメな母親だったのだ。友里に対して、母親らしいことなど、ほとんどひとつもしてあげていなかったのだ。

それを思うと、どうしようもなく気が滅入った。

5

ベッドに仰向けになって、わたしは長いあいだ白い天井を見つめていた。そうしているうちにも、ヒヨドリは巣にいる雛に、せっせと餌を運び続けていた。それが視界の片隅に見えた。

「気が滅入って来たら、努めて楽しいことを考えるようにしてみてください。嫌なことや、辛かったことではなく、自分が幸せを感じていた時のことを、意識的に思い出すようにしてみてください」

このホスピスに転院して来たばかりの頃に、チャプレンの中村さんが優しい笑みを浮かべてわたしに言ったことを思い出した。

わたしはその言葉に従って、何とか楽しいことを思い浮かべてみようとした。けれど、結婚してからのわたしの人生には、楽しいことなんてほとんどなかった。特に体を売るようになってからは、泣きたくなるようなことや、悲鳴を上げたくなるようなこと、あまりの惨めさに呆然《ぼうぜん》としてしまうようなことの連続だった。

それでわたしは、病気が見つかる少し前に、しばしばわたしを呼んでくれた老人のことを思い出すことにした。

心細くて、気持ちが落ち込んで、どうしようもなくなった時には、わたしはしばしばその老人のことを思い出していた。

その老人の名前は大林といった。大林憲三郎だ。わたしは彼のことを『大林さん』と呼んでいた。

病気が見つかる前まで、だいたい週に一度か、10日に一度くらいの割合で、わたしは大林さんの自宅に呼ばれていた。1週間に二度呼ばれたこともあった。

東京都内で何十軒ものガソリンスタンドとコンビニエンスストアを経営しているという大林さんの自宅は、都内でも有数の高級住宅街の中にあって、旅館なのかと思うほどに大きくて、びっくりするほどに立派だった。

大林さんの自宅は大きな石を積み上げた高い石垣に囲まれていて、石垣の上には鬱蒼と木々が茂っていた。庭もとても広くて、道路からでは家が見えないほどだった。ガレージもとても大きくて、そこにはいつも、外国製の高級車が3台並んで停められていた。

当時、大林さんは77歳だった。彼はもう何年も前に奥さんを亡くしていて、その大きな家にひとりきりで暮らしていた。

大林さんは老人にしては背が高く、とてもほっそりとした体つきをしていた。上品で穏やかで、若かった頃はとてもハンサムだったに違いなかった。話し方にも品があって、いかにも紳士という感じの人だった。

老人のひとり暮らしだったけれど、通いのお手伝いさんがふたりも来ているおかげで、広々とした家の中はきちんと片付いていて、いつもとても清潔だった。

毎日のように庭師も来ていて、洒落た日本庭園も隅々まで手入れが行き届いていた。庭には複雑な形をした池もあって、丸々と太ったニシキゴイがたくさん泳いでいた。春には梅や杏や桜が、秋にはモミジやイチョウが庭を美しく彩った。

ふたりのお手伝いさんと庭師の男の人は、毎日、午後5時になると帰っていった。それで、わたしはいつもその1時間ほどあと、午後6時頃に大林さんの家に行った。

大林さんの家に行く時のわたしは、いつもシックなワンピースやスーツをまとい、お化粧を控えめにしていた。パンプスやサンダルも、あまり踵の高くないものを選び、アクセサリーも少ししか付けなかった。下着もセクシーなものではなく、地味なものを着けていった。大林さんがそう望んだからだ。

あの頃のわたしは栗色の長い髪を、ゴージャスに波打たせていたのだけれど、大林さんに呼ばれた時には、いつもその髪をアップにまとめていた。

大林さんの家に向かう前に姿見に自分を映してみると、わたしは娼婦なんかではなく、語学が堪能で数字に強い、有能な社長秘書のようにも見えた。

大林さんの家に着くと、わたしは大きな門のある正面玄関からではなく、勝手口のほうから家に入った。そうするよう、大林さんに言われていたからだ。

「ごめんよ。本当は玄関でお迎えしたいんだけど、近所の人たちの目があるからね」

わたしが勝手口から入って行くたびに、大林さんは申し訳なさそうに謝った。そんな優しいことを言ってくれる客はまずいなかった。

その家は本当に広そうだった。けれど、1年近くもその家に通ったにもかかわらず、わたしは家の中がどうなっているのか、まったく知らなかった。その家に入るといつも、わたしは真っすぐに2階の寝室に連れて行かれたからだ。

その寝室は畳に換算すれば30畳、いや、もっと広そうな洋室で、部屋の中央にはとても大きくて、とても豪華で高価そうなダブルベッドが置かれていた。ベッドだけではなく、寝室にある調度品はみんな豪華で、みんな高価そうだった。

そうそう。その部屋には暖炉まであって、寒い日にはその暖炉の中で、薪《まき》が明るく燃えていたものだった。

そこはかつて、夫婦の寝室だったと聞いていた。その部屋のサイドボードの上には、洒落た額に入れられたたくさんの写真が並べられていた。奥さんらしい美しくて上品な老女と並んで笑っている大林さんの写真も何枚もあったし、息子や娘たち、それに孫たちと写った大林さんの写真もたくさんあった。かつて飼っていたというスタンダードプードルや秋田犬の写真もあった。

「こんな部屋で……あの……いいんですか?」

初めてその寝室に通された時、わたしは大林さんにそんなことを訊いた。たとえ妻が死んでしまったとはいえ、かつての夫婦の寝室に娼婦であるわたしを招き入れてかまわないのかという意味だった。

「いいんだよ。もう妻は死んじまったんだからな。死んじまったやつのことなんか、考える必要はないんだよ」

あの日、大林さんはそう言って、屈託なく笑った。

その寝室には大きな窓がいくつもあって、外がまだ明るい季節にはその窓から美しい庭が見下ろせたものだった。

わたしはいつも、その部屋の片隅でそそくさとスーツやワンピースを脱ぎ、パンティストッキングや下着も脱いで全裸になった。そして、かつて大林さんが奥さんと並んで眠っていたという大きくて豪華なダブルベッドで、妻を亡くした老人と抱き合った。

いや、行為の前に、大林さんはいつも料金の支払いをしてくれた。それはいつも規定の額より遥かに多かった。

大林さんはもう、わたしの中に男性器を挿入することはできなかった。だから、わたしはいつも、とても長い時間をかけて、彼の性器を指や口で入念に刺激した。10年近くにわたって風俗店で働いたり、娼婦の仕事をして来たから、それはもう慣れたものだった。

わたしの愛撫を受けながら、大林さんはいつも、「笑子は可愛い」「笑子は綺麗だ」と、かすれた声で繰り返した。男性器を口に含むわたしの髪を優しく撫《な》でてくれることもあったし、手で男性器を刺激しているわたしの体を、両手でそっと抱き締めてくれることもあった。

大林さんはわたしの父より10歳以上も上だったけれど、そんなふうに優しくされると、わたしは自分が父と行為をしているような妙な気持ちになったものだった。

どれほど刺激を続けても、大林さんの性器は充分に固くはならなかった。それでも、長い愛撫《あいぶ》の末に、彼は男性器をわずかに痙攣させながら、その先端から透き通ったさらさらとした体液を少し放出した。

優しくて気前のいい大林さんのことが、わたしは本当に好きだった。だから、時々ではあったけれど、そんな体液を飲み下してあげたこともあった。

自分が射精を済ませたあとで、大林さんはいつも「お礼だよ」と言って、今度はわたしを愛撫してくれた。

大林さんは老人だったから、最初、わたしはたいして期待をしていなかった。けれど、わたしの想像とは裏腹に、大林さんの愛撫は最初から驚くほどに巧みだった。そして、わたしが彼のところに行くたびに、それはますます巧妙になっていった。

6

「さあ、笑子、いつもみたいな恰好をしなさい」

体液の放出を済ませた大林さんは、汗ばんだ顔に笑みを浮かべ、わたしにいつも同じことを命じた。

それでわたしはいつも、かつて彼が奥さんと並んで眠ったという豪華なダブルベッドに、一糸まとわぬ姿で仰向けになった。そして、いつも、両腕と両脚をいっぱいに広げ、ベッドマットに後頭部を押し付けて、白くて高い天井をじっと見つめた。

大林さんはベッドの脇に立ち尽くし、そんな無防備な恰好をした全裸のわたしを、瞬《まばた》きさえ惜しむようにして見つめた。

広々とした寝室の片隅には、大きな笠をかぶった背の高い真鍮《しんちゅう》製の電気スタンドがあった。その電気スタンドから放たれるオレンジ色の柔らかな光が、ハイレグタイプの競泳用水着の跡が残るわたしの体を、優しく、包むように照らしていた。乳房の上にちょこんと載った乳首が、皮膚の上に長い影を落としていた。

娼婦になってすでに長い時間が過ぎていたから、わたしは男の人の前で裸になることに慣れていた。それでも、ショーツも穿《は》かずにそんな恰好をするのは、さすがに恥ずかしかった。若い頃から美容外科で脱毛を繰り返していたわたしの股間には、申し訳程度の性毛しか生えていなかった。

「明かりを消して」

わたしは何度か、大林さんにそう頼んだこともあった。

けれど、彼は「消さないよ。わたしは笑子のすべてが見たいんだ」と言って、それに応じてはくれなかった。

ただでさえ小ぶりなわたしの乳房は、そんな仰向けの姿勢を取ると、思春期を迎えたばかりの少女みたいにペタンコになった。腰骨は高く突き出し、腹部はえぐれるほどに窪み、乳房の両脇にはうっすらと肋骨が浮き上がった。

大林さんに呼ばれた時のわたしは、アクセサリーはほとんどしていなかった。けれど、臍にはいつもピアスを光らせていた。たいていは宝石や真珠をいくつか繋いだ、ブラブラと揺れるピアスだった。

「笑子、もっと脚を大きく開いて……もっとだ……もっと大きくだ」

ほとんど毎回のように、大林さんはそう言った。

それでわたしはいつも、まるで開脚する体操選手のように、真っすぐに伸ばした2本の脚を、これ以上は広げられないというぐらいいっぱいに開いたものだった。

「どう？　これでいい？」

ベッドの脇、わたしのすぐ右側に立った大林さんを見つめて、わたしは訊いた。

「ああ。それでいい。それじゃあ、笑子、目を閉じて……」

いつものように大林さんが言い、わたしはその言葉に従って、いつものように目を閉じた。

全裸の肉体を無防備にさらけ出した上に、しっかりと目を閉じることによって、わたしはいつも、少し屈辱的な気分になった。同時に、自分の中に、とても被虐的な気持ちが込み上げて来るのもわかった。

支配されている。服従させられている。わたしは彼に征服されようとしている。

そんな気分だった。

まだ何をされたというわけでもないのに、気がつくと、滲《にじ》み出た体液でわたしの股間は潤み始めているらしかった。左右の乳首は、いつの間にか、痛みを覚えるほどに固くなり、ツンと尖っているようだった。

やがて、目を閉じたわたしの脇で、大林さんがそっと身を屈《かが》める気配がした。そして、すぐに、わたしの右の乳房に、温かくて湿った息が優しく吹きかかった。

あっ、来る。

わたしはわずかに身構えた。全身の皮膚に鳥肌が立ったのがわかった。

その瞬間、温かくて湿った唇が、わたしの右の乳首に触れた。次の瞬間、大林さんが前歯を使って、固く尖った乳首をコリコリと軽く嚙んだ。ほぼ同時に、早くも硬直していたクリトリスを、指先で擦り上げるように刺激した。

77歳の老人だというのに、大林さんの唇は滑らかで、しっとりとしていて、とても柔らかかった。歯は不自然なほどに白く、綺麗に揃っていて、まるで若い男のようだった。指はピアニストみたいにほっそりとしていて、とても長くてしなやかだった。

「あっ……いやっ……」

両手でシーツを強く握り締め、わたしは思わず声を漏らした。大林さんに嚙まれた乳首と、指からの刺激を受けたクリトリスのあいだを、強烈な快楽が電流のように走り抜けていったのだ。

「なんだ、笑子、もう感じているのかい？　笑子の体は感度が抜群だなぁ」

わたしの脇で大林さんが楽しげに笑った。彼の息からはいつも、スペアミントの香りがした。

いつもそうしているように、大林さんは舌と前歯と唇と、何本かの右手の指先を実に巧妙に使って、わたしの乳首と女性器に絶え間ない刺激を与えた。左右の乳首を執拗に吸い、執拗になめ、前歯で執拗に嚙み……しなやかな何本かの指で、クリトリスや膣の周りや肛門や太腿の付け根の部分を、とても巧みに、とても執拗に擦り上げた。

防波堤に絶え間なく打ち寄せる波のように、強烈な快楽が、次から次へと、休むことなくわたしに襲いかかって来た。

「あっ……ああっ、感じるっ……ダメっ……大林さんっ……あ、いいっ……」

わたしは目をしっかりと閉じ、両腕と両脚を大きく広げ、刻々と募っていく快楽に身を悶《もだ》えさせた。ブリッジをしているかのように背を弓形に反らせることもあったし、淫《みだ》らな声を上げながら、痩せた体を左右にひねることもあった。

宝石や真珠を繋いだピアスが、臍で揺れているのがわかった。

「どうだ、笑子？　感じるかい？」

時折、とても楽しげに大林さんが訊いた。

けれど、わたしにはその問いかけに答えることはできなかった。わたしの口から漏れるのは、淫らな喘ぎ声だけだった。

「ああっ……うっ……大林さんっ……ダメっ……あっ……いやっ……」

男の人の相手をしている時、たとえまったく感じていない時でも、わたしはしばしば激しく感じているかのような演技をしていた。わたしは娼婦なのだから、それは当然のことだった。

けれど、大林さんが相手の時には、そんな必要はまったくなかった。彼はわたしの性感帯を、いつも実に的確に探り当て、実に的確にそこに刺激を与えた。決して大袈裟《おおげさ》な動きをするわけではなく、ただ口と指だけを使って、彼はわたしに快楽の声を上げさせることができたのだ。

快楽の波は、強くなったり、弱くなったり、また強くなったりを繰り返しながら、絶頂へ、絶頂へ、絶頂へと、わたしを容赦なく追い立てていった。

大林さんからそんなふうに愛撫されていると、わたしは自分が楽器になったみたいに感じた。

そう。たとえば、わたしは綺麗な音色を奏でるヴァイオリンだった。そして、大林さんは熟練したヴァイオリニストだった。彼はほとんど平然としたまま、口と指だけを使って、わたしの体を絶え間なくねじれさせ、絶え間なく悶えさえ、わたしの口から淫らな声を絶え間なく出させていた。

快楽の時間を少しでも長く続かせるために、わたしはいつも懸命に防波堤を守ろうとした。防波堤の内側に高く土のうを積み上げるかのように、襲いかかって来る快楽の波に立ち向かおうとしたのだ。

けれど、大林さんが女性器に口による刺激を与え始めると、もう耐え続けていることはできなかった。

大林さんの舌の動きは、それほどまでに絶妙だった。

「ダメよっ……大林さんっ……本当にダメっ……ああっ、いっちゃう……」

目を開いて首をもたげると、わたしの股間に顔を埋めた大林さんの頭部が見えた。

大林さんの髪は真っ白だったけれど、とてもつややかで、ふさふさとしていた。

大林さんは舌を使って女性器への執拗な愛撫を続けた。そうするうちに、襲いかかって来る快楽の波は、ついに防波堤を越えた。

わたしにはもう、なすすべがなかった。わたしにできたのは、津波のように襲いかかって来る快楽に巻き込まれ、揉みくちゃにされることだけだった。

「あっ……いやっ……あっ……うっ……ああああああっ！」

わたしは自分の股間に顔を埋めた大林さんの髪を両手でがっちりと鷲摑《わしづか》みにし、汗にまみれた全身をブルブルと震わせた。そして、叫ぶかのような甲高い声を上げて、目眩《めくるめ》くような絶頂を迎えるのが常だった。

7

病室のベッドに横になり、大林さんが与えてくれた刺激を思い浮かべていると、股間がしっとりと潤んで来た。そのことに、わたし自身が驚いた。

こんなに痩せ衰えてしまったにもかかわらず、わたしの中にはまだ性欲というものが残っているらしかった。

わたしはベッドを出ると、ふたつの窓にかかった遮光カーテンをしっかりと閉めた。そして、ベッドに戻って乱れた呼吸を整えたあとで、ナイトドレスを下腹部までまくり上げ、小さな化繊のショーツの中に右手の指を深く差し入れた。

そう。ここに転院してからのわたしは、元気だった頃と同じように、とてもセクシーなショーツを穿いていた。今、わたしが身につけているのは、ほぼ完全に透き通った白いレースのショーツで、とても小さくて、両脇が細い紐状になっているものだった。

カーテンを閉めたために暗くなった病室のベッドの上で、わたしはかつて大林さんがしてくれたことを思い出しながら、ピンと伸ばした2本の脚を左右に大きく広げた。そして、指の先で濡れた女性器に触れ、クリトリスをゆっくりと刺激した。左手ではナイトドレスの布の上から、少女みたいに小さな乳房を静かに揉みしだいた。

自慰行為をするなんて、本当に久しぶりのことだった。

そうするうちに、わたしの中に少しずつ快楽が込み上げて来た。それはまるで、懐かしい友達がやって来たかのようだった。

「あっ……」

中指でクリトリスを強く擦った瞬間、反射的に体が震え、思わず声が漏れた。女性器がさらに潤み、さっきまで柔らかかった乳首がナイトドレスの下で堅く尖った。

大学病院で癌を宣告された直後に、わたしは大林さんに電話を入れた。大林さんはきっと会いに来てくれると、わたしは思った。もしかしたら、金銭的な援助をしてくれるかもしれないと期待してもいた。

けれど、電話に出た大林さんは、『お大事に』と言っただけだった。わたしは自分がいる病室の部屋番号まで教えたけれど、大林さんは見舞いに来てはくれなかった。わたしは大林さんを恨んだ。怒りも覚えた。わたしがこんな目に遇《あ》っているというのに、何てひどい人なんだろうとも思った。

けれど、大林さんを恨んだり、彼に怒りを向けたりするのはお門《かど》違いだった。わたしはただの出張売春婦で、彼の娘でも妻でもないのだから……。

ホスピスの個室のベッドの上で、わたしは声を殺して自慰行為を続けた。指先でクリトリスを絶え間なく刺激し、ナイトドレスの上から乳房や乳首を揉みしだき続けた。このベッドに横になっていた人の中で、癌が完治して退院していった人がひとりもいないように……このベッドで自慰行為をした人なんて、きっとひとりもいないだろう。清水さんや黒田さんや多田さんがこんなわたしを見たら、いったい何と思うだろう？　わたしのことを、とんでもない淫乱女だと思うのだろうか？　ドアの外を通りかかった人に、声を聞かれたりしないだろうか？

けれど、わたしはそれ以上は考えるのをやめた。

ここではもう、何も我慢しなくていいのだ。泣きたい時に泣けばいいのだ。自慰行為がしたければ、思う存分、やればいいのだ。

わたしはさらに大きく脚を広げ、右手の指先でクリトリスをさらに強く刺激し、左の手では乳房や乳首をさらに激しく揉んだ。

大林さんの愛撫を受けていた時には、わたしはすぐに絶頂に達した。けれど、今はそうはいかなかった。きっと、わたしの肉体はそれほどまでに衰弱しているのだろう。

それでも、自慰行為を続けているうちに、打ち寄せる快楽の波が少しずつ高くなっていった。

もう少しだ……もう少しだ……あとほんの少しだ……。

やがて、快楽の波がゆっくりと防波堤を越え、わたしは左手で口を押さえた。声がドアの外に漏れることを恐れたのだ。

「あっ……いやっ……あっ……」

わたしは両脚でベッドマットを強く蹴り、背中を弓のように反らした。そして、痩せ衰えた体をブルブルと痙攣させながら、久しぶりにやって来てくれた友達のような快楽に酔いしれた。

長く続いた全身の痙攣が治まったあとで、わたしは暗がりに沈んだ天井を見つめて、乱れた呼吸を整えた。全力疾走をした直後のように、心臓が激しく高鳴っていた。全身の皮膚はじっとりと汗を噴き出していた。

ぴったりとカーテンを閉めた窓の向こうから、ヒヨドリの甲高い鳴き声が聞こえた。廊下から人の足音もした。

誰かに聞かれたりしなかっただろうか？

わたしはそんなことを危惧しながら、体をひねってサイドテーブルに右腕を伸ばした。そこに乗っているティッシュペーパーで、濡れた股間を拭おうと思ったのだ。

その瞬間、自分の体重を受けた左肩と腕の付け根の付近が、ズキンと強く痛んだ。

「あっ」

わたしは思わず声を出した。そして、再び仰向けになり、疼くような痛みを発している左の肩の辺りを右手で静かにさすった。

そう。それはこの1年近くのあいだ、執拗にわたしに付きまとい続けている痛みだった。早く立ち去ってほしいのに、絶対に動こうとしない、ストーカーのような痛みだった。

8

その痛みが突如としてわたしに襲いかかって来たのは、去年の6月15日、わたしの39歳の誕生日だった。

誕生日だからといって、あの頃のわたしには特別な予定は何もなかった。その2年ほど前に、一緒に暮らしていた男の人と別れてからは、誕生日を一緒に祝ってくれるような人もいなかった。

39歳の誕生日にも、わたしは午後からスポーツクラブに行ってプールで泳いだ。週に3日か4日、1000メートルずつ泳ぐというのが、あの頃のわたしの習慣だった。

あの日も、競泳用水着をまとったわたしがプールサイドに姿を現すと、そこにいたほとんどの人がわたしのほうに視線を向けた。チラリと見るだけの人もいたけれど、まじまじと見つめる人もいた。ほんのちょっと見たあとで、わたしから露骨に顔を背ける女たちもいた。

そう。プールサイドにいる男の人の多くが、わたしの体に魅了されていたのだ。女たちの何人かは、わたしを妬み、嫉んでいたのだ。

それはいつものことだったけれど、わたしにはそれが嬉しかった。

わたしはあの日も、ほっそりとした体に張り付くようなハイレグタイプの黒い水着を身につけていた。それはとてもシンプルで、本当にぴったりとした水着だったから、肉体のほんのわずかな緩《ゆる》みも、ほんの微かな弛《たる》みも隠すことはできなかった。

けれど、心配はいらなかった。乳房が小さいことを別にすれば、わたしの体には隠さなければならない部分はひとつもなかった。プールではお化粧をすることも、アクセサリーを付けることもできなかったけれど、わたしはいつも手足の爪に、派手な色のマニキュアとペディキュアを光らせていた。

人々の視線を感じながら、わたしはファッションショーのモデルのように背筋を伸ばし、腰を左右に振りながらプールサイドを優雅に歩いた。それから、青いゴーグルを付けて水に入り、美しい両側呼吸のクロールで優雅に泳ぎ始めた。インストラクターから1対1の指導を受けたおかげで、わたしはクイックターンもできるようになっていた。

異常を感じたのは800メートルほどを泳いだ時のことだった。水を掻いた瞬間、左腕の付け根の部分に鋭い痛みが走ったのだ。

あっ。

わたしは水の中で声を漏らした。そして、泳ぐのをやめて、プールの中央に立ち尽くした。

「大和田さん、どうかなさいましたか？」

泳ぐのを急にやめたわたしに、インストラクターの男の人が訊いた。

「何だか、急にここが痛くなっちゃって」

骨張った左肩を撫でながら、わたしは笑った。

「どこか痛めたのかもしれませんね。きょうはもうやめたほうがいいですよ」

にこやかに笑いながらインストラクターが言った。

「ええ。そうします」

疼くような痛みを発し続けている肩を静かに撫で続けながら、わたしもまたにこやかに笑った。

そう。あの時には、インストラクターもわたしも笑っていたのだ。

痛みはすぐに消えるだろう。

わたしはそう思っていた。

けれど、左肩の疼くような痛みはいつまでも続いた。回復するどころか、日ごとに募っていった。痛くて眠れないこともあったし、夜中に寝返りを打った瞬間に左肩を襲う痛みで目を覚ますこともあった。

わたしは左肩に湿布薬を貼ってみたり、鎮痛剤を服用してみたり、マッサージに通ってみたり、温泉に行ってみたりした。けれど、それらの効果は限定的なものだった。

それでも、たいした心配はしていなかった。来年は40歳になるから、きっと『四十肩』だろうと思っていたのだ。

けれど、その後も左肩の痛みは続いた。ただ続くだけでなく、日を追うごとに強くなっていった。

8カ月にわたって我慢を続けたあとで、わたしはついに近所の整形外科に行った。今からほんの3カ月前、今年のバレンタインデーのことだった。

わたしのエックス線写真を見た若くてハンサムな医師は、左肩の痛みの原因については言葉を濁した。ただ、「もっと大きな病院で、精密な検査をしてみたほうがいいですね」と言って、大学病院への紹介状を書いてくれただけだった。

「あの……何か悪い病気なんでしょうか？」

不安げな笑みを浮かべて、わたしは医師に訊いた。

けれど、心配はしていなかった。肩の痛みが命にかかわるようなことだなんて、考えてみたこともなかったのだ。

「ちゃんとした検査をしてみないと、何とも言えません」

若い医師が、その整った顔に曖昧な笑みを浮かべた。

その顔を見たわたしの下腹部に、どす黒い不安がゆっくりと広がっていった。


ベッドの上で30分ほどのあいだ、わたしは痛みに耐えていた。痛みが引いたら、食堂にお昼ご飯を食べに行くつもりだった。まだお腹はまったく空いていなかったけれど、食堂に行ったら、またサイトウさんという男の人に会えるかもしれないと思ったのだ。

けれど、痛みは治まるどころか、強くなるばかりだった。

ああっ、今、癌細胞がわたしの骨を食べているのだ。こうしている今も、寄生虫みたいに、わたしの肉体をガリガリと食べ続けているのだ。

そんなふうに思うと、怖くて頭がおかしくなりそうだった。

ヒヨドリの雛が巣立つのを見るのは、やっぱり無理なのかもしれない。小町絞りの花を見るのは無理なのかもしれない。

自分の心が、たちまちにして弱っていくのがわかった。

わたしはいつも、自分が間もなく死ぬということを、何とか考えまいとしていた。けれど、そんな痛みがやって来ると、それを考えずにはいられなかった。

カーテンのわずかな隙間から差し込む日の光を眺めながら、わたしは痛みに耐え続けた。

看護師を呼んで、モルヒネ系の鎮痛剤を投与してもらえばいいことはわかっていた。わたしの痛みにはその薬がよく効くのだ。

けれど、麻薬系の点滴や注射に、わたしは少し抵抗があった。それで、我慢ができるあいだは、鎮痛剤を使わないようにしていた。

疼くような痛みは、強くなったり、弱くなったりを繰り返しながら、絶え間なくわたしに襲いかかっていた。それは快楽の波と少し似ているような気がした。

「あっ……うっ……」

強い痛みが襲って来た時に、わたしは思わず押し殺した声を漏らした。それもまた、快楽を受けた時にわたしが出す声に、よく似ているような気がした。

わたしは額に脂汗を浮かべ、時折、小さな呻きを漏らしながら、波のように襲いかかって来る痛みの波に、さらに10分ほど耐えていた。

けれど、やがて痛みの波が防波堤を越えた。もう限界だった。

脂汗でぬめる指で、わたしはナースコールのボタンを押した。

9

モルヒネ系の鎮痛剤によって、左肩の痛みは嘘のように和らいだ。けれど、その強い鎮痛剤はいつものように、わたしを眠りの世界へと誘った。

鎮痛剤によってもたらされる眠りは、いつもあまり気持ちのいいものではなかった。

お酒で悪酔いした時と同じように、その眠りは浅くて、かなり不快で、わたしは嫌な夢をたくさん見た。

目が覚めると、午後6時半になっていた。鎮痛剤の投与を受けたのが午前11時過ぎだったから、7時間以上も微睡んでいたという計算だった。

鎮痛剤の投与のあとでは、しばしばわたしはこんなふうに長く眠った。それもわたしが鎮痛剤を嫌っている理由のひとつだった。眠たくもないのに眠ってしまうなんて……ただでさえ残り少ない時間を無理やり奪われたようで、ひどく損をした気持ちになるのだ。

リクライニングボタンを操作して、わたしは上半身を静かに起こした。左肩には、いまだに痛みの名残りのようなものがあった。

そう。癌細胞はわたしを蝕むのを中止しているわけではないのだ。ただ、わたしがそれを感じていないというだけのことなのだ。

いつの間にか、窓の外は薄暗くなっていた。空全体が鮮やかな朱色に染まっていた。

わたしはベッドにもたれ、少しずつ暗くなっていく庭をぼんやりと眺めていた。間もなくヒヨドリが戻って来ると思ったのだ。

ヒヨドリはいつもこんな時間に巣に戻って来る。そして、もう餌を探しには行かず、雛たちと一緒にその巣で一夜を過ごす。わたしはいつも、ヒヨドリが最後にハナミズキの樹に戻って来たのを確認してから、食堂に夕食をとりに行くのを日課としていた。

思った通り、すぐにヒヨドリが戻って来た。けれど、ヒヨドリはすぐにはハナミズキに向かわず、庭のフェンスに止まって、長いあいだ辺りを見まわしていた。

一日の最後に帰って来た時のヒヨドリは、近くに外敵が潜んでいないかと、いつもひどく警戒しているのだ。

だが、やがてヒヨドリはフェンスから飛び立つと、鬱蒼と茂ったハナミズキの枝の中に勢いよく飛び込んでいった。

きっと今頃は巣に覆い被さり、雛たちの掛け布団になってあげているのだろう。

ヒヨドリが戻って来たのを見届けたら、食堂に行くつもりだった。

けれど、今夜はその元気が出なかった。どうやら熱が上がって来たようだった。日が暮れると熱が出るのは、よくあることだった。

しかたなく、わたしは食堂に行くのを諦め、夕食をこの部屋に運んでもらうことにした。相変わらず、食欲はまったくなかったけれど、少しでも食べて体力の低下を防ごうと思ったのだ。

内線電話で注文をしてから30分後に、ボランティアの女性がトレイに載せた夕食を運んで来てくれた。初めて見る若くて綺麗な女性で、ほっそりとした体つきをしていた。

「ありがとう、北村さん」

ボランティアを見上げてわたしは微笑んだ。彼女の胸に、『北村梨奈』という名札が付けられていたからだ。

北村さんはまだ20歳前後なのだろう。彼女はわたしのかつらと同じような明るい栗色の髪を、後頭部でポニーテイルに結んでいた。長くてつややかな美しい髪だった。丁寧に化粧が施された顔には皺や弛みがまったくなく、皮膚は合成樹脂でできているかのようにツルンとしていた。

「あの……どういたしまして。大和田さん、あの……夕食はベッドで召し上がりますか？……それとも、あの……テーブルのほうで召し上がりますか？」

ぎこちなく微笑みながら、北村さんが訊いた。

もしかしたら、このホスピスでボランティアを始めたばかりなのかもしれない。彼女はひどく怖ず怖ずとしていた。笑ってはいたけれど、整った顔は緊張で強ばっていた。

「ええっと……テーブルで食べることにします」

「そうですか。あの……わかりました」

北村さんが言った。そして、部屋の片隅のテーブルの上に、トレイから下ろした食事をそそくさと並べ始めた。

そんな北村さんの姿を、わたしはまじまじと見つめた。

白い半袖のブラウスからのぞく二の腕は、細く引き締まっていて、とても健康的だった。マニキュアはしていなかったけれど、指も細くて、とても綺麗だった。ミニスカートかショートパンツを穿いているのだろう。ピンクのエプロンの裾から、薄いストッキングに包まれた2本の脚が突き出していた。腕や指と同じように、彼女の脚はとても細くて、長くて美しかった。

こんなに若くて綺麗なのだから、彼女にはきっと恋人がいるのだろう。無償のボランティアをしていられるのだから、家もきっと裕福なのだろう。

「大和田さん……あの……こんな感じでよろしいですか？」

食事をテーブルに並べ終えた北村さんが、相変わらず怖ず怖ずとした口調で訊いた。

間もなく死ぬ人間と、どんなふうに接したらいいのかが、まだよくわからないのだろう。

「ええ。いいです。ありがとうございます」

女性ボランティアの大きな目や、美しく描かれた細い眉を見つめてわたしは言った。

「どういたしまして……あの……1時間ほどしたら、食器を下げにまいります……」

わたしの顔は見ずに北村さんが行った。早くここから出て行きたそうだった。

「北村さんはこのボランティアを始めてどのくらいになるの？」

わたしは尋ねた。早々に出て行きたがっている彼女を引き留めることで、少し意地悪をしてやろうと思ったのだ。

わたしは彼女に強い嫉妬を感じていた。惨めの極致にいるわたしと、北村というその女性ボランティアが対極にいるように思われたのだ。可哀想なわたしに慈悲をかけることで、彼女がわたしを見下しているようにさえ感じられた。

「はい。あの……2週間前に研修を終えたところです」

北村さんが言った。チラリとわたしの目を見たけれど、すぐに目を逸《そ》らしてしまった。若くて肌が綺麗なせいか、お化粧のノリがとてもよかった。

「大学生なの？」

「ええ。そうです」

「ここでのボランティア、大変じゃない？」

「はい。あの……大変ですけど……でも、患者さんに喜んでもらえると……あの……やり甲斐があります」

あまりに優等生ぶったその言葉に、わたしは少し苛立った。生徒会長と話しているみたいな気がした。

「わたしね、もうすぐ死ぬの。あと1週間か2週間で死ぬのよ」

わたしは言った。その若いボランティアをもっと困らせてやろうと思ったのだ。

「そうなんですか……」

「ええ。もしかしたら、もっと早く死ぬかもしれないの」

わたしは笑った。そのボランティアを困らせるのが、面白くてしかたなかったのだ。

「あの……大和田さん……わたし……何て言っていいかわからなくて……」

女が顔を上げ、今にも泣き出しそうな顔でわたしを見つめた。

「そうよね。こんなこと言われても困るわよね」

「いいえ。あの……頑張ってください」

「頑張れないわ」

わたしは悲しげな顔をしてみせた。「もう頑張れない。もう無理なの」

「失礼なことを言ってすみません……あの……許してください……1時間したら、また来ます」

「北村さんが来てくれるの？」

「はい。あの……でも、もしかしたら、別のボランティアが来るかもしれません」

「わたし、北村さんに来てもらいたいわ」

「そうですか……」

「ええ。わたし、また北村さんと話がしたいの」

「わかりました。あの……それじゃあ、わたしが来ます……あの……ゆっくりと、お食事をなさってください……失礼します」

わたしの顔は見ずにそう言うと、北村という女性ボランティアは逃げ出すかのように病室を出て行った。

女が出て行ったドアを見つめて、わたしは笑った。それから、急に落ち込んだ。人の好意を踏みにじるような自分の心の醜さに、うんざりとしたのだ。

そう。長期にわたって虐《しいた》げられ、苛《いじ》められ、蔑《さげす》まれて来たことで、わたしはすっかりいじけて、とても嫌な人間になってしまったのだ。

10

ひどく落ち込んだ気持ちのまま、わたしはテーブルに向かって食事を始めた。

食欲がなくても、さっぱりとした和食なら食べられるかもしれないと思って、今夜のわたしは和食を注文していた。白いご飯とシジミの味噌汁、里芋とゴボウとレンコンとニンジンと鶏肉の煮物、サバの味噌煮、ホウレン草のお浸し、キュウリの糠漬け、焼き海苔《のり》、温泉卵、それに小さく切ったパイナップルというメニューだった。

わたしはあと何回、こんなふうに口から食事をすることができるのだろう？

湯気の立つ味噌汁をすすりながら、ぼんやりとわたしは思った。

ふと脇を見ると、食事をしているわたしの姿が窓ガラスに映っていた。

そこに映ったナイトドレスの女が自分だとはわかっていた。それにもかかわらず、痩せ衰えたその姿を見て、わたしはギョッとした。

それはまるで死人が食事をしているかのようだった。


どの料理にもほんの少し箸を付けただけで、わたしは食事を終えた。

食器を下げに来たのは、さっきの北村というボランティアではなく、女性看護師の古川さんだった。

食器を下げてもらったあとで、わたしはお化粧を落とし、アクセサリー類を外して丁寧に歯を磨いた。それから、窓のカーテンを閉めてベッドに横になった。

いまだに鎮痛剤が効いているのかもしれない。ありがたいことに、左肩の痛みはほんの少しだった。

明るいうちに7時間も眠ったから、今夜は眠れないのではないかと思っていた。けれど、横になって明かりを消すと、すぐに睡魔がやって来た。

そう。最近のわたしは眠ってばかりいるのだ。

極端に痩せて来ること、眠ってばかりいるようになること……それは、いよいよ最期の瞬間が近づいた癌患者の典型的な症状だった。

ちゃんと目が覚めるのだろうか？　また朝を迎えられるのだろうか？

そんなふうに危惧しながら、わたしは眠りへと落ちていった。

第3章

1

少し前から雨が降ったり、やんだりを繰り返している。梅雨の走りの雨というのだろうか。静かで、温かくて、とても優しい雨だ。

わたしはベッドのリクライニングを起こし、そんな雨に濡れた庭を眺めている。

空は灰色の雲に覆われているけれど、その雲は厚くはないようで、窓の外は雨の日とは思えないほどに明るい。時折、雲のあいだから差し込んだ薄日が、庭を優しく、柔らかく照らしている。風に流された雨粒が、時折、窓ガラスに吹きかかる。

雨が埃を洗い流してくれたからだろうか。きょうは木々の葉が一段と鮮やかに見える。濡れたパンジーやビオラがとても綺麗だ。

昔から、わたしはこんな初夏の雨が好きだった。この季節の朝に目を覚ました時、窓ガラスを雨粒が伝っているのを見ると、意味もなくわくわくしたものだった。

けれど、今朝のわたしの心は、『わくわく』とは正反対だった。

きょうは朝から、ひどく調子が悪かった。強い吐き気もあったし、目眩もひどかった。熱も高くて、歩くと、ふわふわと宙に浮いているような気がした。昨夜はいったん治まった左肩付近の痛みも、きょうはまたぶり返し、今朝からずっと、脈を打つような疼痛を発し続けていた。

少し前、回診に来た川原先生に鎮痛剤を打ってもらったのだけれど、痛みはなかなか治まってくれなかった。何より、体がひどくだるくて、何をする気にもなれなかった。

ついさっき、女性看護師の藤田さんが、「大和田さん、少しでも食べたほうがいいわよ」と言ってスープを運んで来てくれた。それはほとんど何も食べられなくなった患者たちでさえ喜んで口にするという、口当たりがいい特製のスープだった。

けれど、わたしはそのスープでさえ、ほんの一口すすっただけだった。何とか飲もうとしたのだけれど、体がそれを拒否しているらしく、どうしても嚥下することができなかった。

午後には浜松から母が来て、今夜はこの部屋に泊まっていってくれることになっていた。けれど、こんな調子ではロクに話もできないかもしれなかった。

秋に65歳になるわたしの母は、腎臓が悪くて、定期的に透析を受けていた。自分もそんな体調だというのに、母は週に一度か二度は新幹線に乗って、わたしに会いに来てくれた。そして、来ると必ず、この部屋に簡易ベッドを運んでもらい、わたしの隣で眠ってくれていた。

体調の優れない母に、寝心地の悪い簡易ベッドを使わせるのは心苦しかった。けれど、今のわたしは幼い子供のように、母が来てくれるのをいつも心待ちにしていた。

きょうはまだ素っぴんだったから、母がやって来る前にお化粧を済ませてしまいたかった。マニキュアが剝《は》げかけていたから、それも塗り直しておきたかった。

けれど、体が辛くて、そんなことをする気には、どうしてもなれなかった。

45度に起こしたベッドにもたれ、熱のために少しぼんやりとしながら、わたしはガラス窓越しに濡れた庭を眺め続けた。

今朝、目を覚ました時にはまだ雨は降っていなくて、ヒヨドリはいつものように、5分から10分おきに巣で待つ雛たちに餌の昆虫をせっせと運んでいた。けれど、雨が降り始めると慌ててハナミズキに戻って来て、それからは一度も出て行っていなかった。

きっと、母鳥は今、ハナミズキの中にある巣の上で、雛たちに覆い被さり、傘の代わりを努めているのだろう。

早く雨がやめばいいのに……。

こんな雨が大好きだというのに、わたしはさっきからずっとそう思っていた。

雨はもう2時間近く続いているから、雛たちはそろそろ空腹を訴えているに違いなかった。だからきっと母鳥は、雨がやむのを今か今かと待っているはずだった。

昼のあいだは休むことなく餌を運び、夜は雛たちの掛け布団になる。そして、雨が降ると傘になり、雛が濡れないように守っている。

そんなヒヨドリの姿は、本当に健気で、本当に甲斐甲斐しくて、わたしはいつも強く心を打たれた。同時に、娘の食事の支度も満足にしなかった自分のことを思わずにいられなかった。

もし、このまま雨がやまなかったら、母鳥はどうするつもりなのだろう？　雛を飢え死にさせるわけにはいかないから、しかたなく、また餌を狩りに行くのだろうか？　もし、そうなったら、母鳥が出かけているあいだ、雛たちは雨に濡れてしまうだろう。もしかしたら、まだ羽毛の生えそろっていない雛たちは、それで冷えて弱ってしまうかもしれない。

自分の娘のことは、まったく心配なんてしなかったくせに、わたしは今、ヒヨドリの雛たちのことを、そんなふうに心配していた。

2

窓の外を眺めていると、急にドアの向こうが騒がしくなった。

廊下を行き交う足音が絶え間なく聞こえた。少し切迫したような話し声もした。きっと、近くの部屋にいる患者の誰かが亡くなったのだろう。わたしが入院してからも、ここではほとんど毎日のように患者たちが亡くなっていた。

いったい誰が死んだのだろう？　隣室の樋口さんだろうか？　それとも、その隣の病室にいる高山さんだろうか？

　樋口さんの隣の部屋の高山さんという女性とは、廊下で何度か擦れ違っているし、食堂で一緒に食事をしたことも何度かあった。彼女はわたしが来る1カ月ほど前に、このホスピスに入院したということだった。

　高山さんは60歳になったばかりだと言っていた。どこが悪いのかは訊かなかったけれど、ここにいるのは末期癌の患者ばかりなのだから、きっと高山さんもそうなのだろう。あねご肌の高山さんは、いつも明るく振る舞っていて、いつも笑っていて、間もなくこの世を去る人には見えなかった。

　今から3日か4日前の午後、わたしが食堂にお茶を飲みに行ったら、そこに高山さんの姿があった。あの日の高山さんは、白地にショッキングピンクのハート模様の入った、よく目立つ派手なガウンを羽織っていた。

「あらっ、大和田さん。こんにちは。ちょっと、こっちに来なさいよ」

　わたしを見つけた高山さんが、笑顔で手招きをした。「ボランティアの人たち、みんな忙しいみたいで、誰も相手をしてくれないから退屈してたのよ」

　彼女はいつも、本当に楽しげな顔をしていた。20代の頃から東京に暮らしているが、出身は大阪だということで、その言葉には微かに関西の訛《なま》りが感じられた。

あの日、わたしたちは取り留めのないことを話しながら、食堂のテーブルに向き合って30分ほどのあいだ日本茶を飲んでいた。

わたしはコーヒー党で、日本茶はあまり好きではなかった。けれど、ホスピスでは日本茶ばかり飲んでいた。この食堂の日本茶はとてもおいしかったからだ。

お茶を飲み終えたわたしが部屋に戻ろうとすると、高山さんが急に自分のガウンを脱ぎ始めた。そして、「大和田さん、これもらって」と言って、そのガウンをわたしのほうに差し出した。

「でも……あの……」

「もらってよ。大和田さんにもらってほしいの」

高山さんはなおも言った。「娘が買って来てくれたんだけど、いくら何でもわたしには派手すぎるのよ。だから、大和田さんにもらってほしいの。大和田さん、すごく綺麗で華やかだから、こういうガウンがよく似合うと思うの」

「いいんですか？」

「いいのよ。わたしの形見だと思って、もらってちょうだい」

高山さんが言った。

高山さんよりわたしのほうが先に死ぬのではないかとも思った。それでも、わたしは「ありがとうございます。大切にします」と言って、その派手なガウンを受け取った。

ドアの向こうは、相変わらず騒がしかった。ストレッチャーのタイヤの音もしたし、川原先生の声や、看護師の藤田さんや木田さんのものらしい女の人の声もした。

やはり誰かが死んだのだろう。亡くなったのは、高山さんだろうか？　樋口さんだろうか？　それとも、わたしの知らない誰かだろうか？

わたしは唇を嚙み締めた。そして、自分が死んだ時のことを思った。

3

雨がやんだ。

ヒヨドリはハナミズキから勢いよく飛び立ち、すぐに狩りに出かけていった。そして、わずか3分ほどでバッタみたいな緑色の虫を咥えて戻って来た。

ああっ、これで雛たちは飢えずに済む。

そのことに、わたしはほっとした。

ようやく鎮痛剤が効いて来たようで、左肩の痛みは随分と和らいだ。熱も下がったようだったし、目眩もかなり治まった。

だが、痛みが和らぎ、熱が下がると、今度は腹部の膨張感が気になり始めた。

そう。このホスピスに来てからずっと、わたしはひどい便秘と、腹部の膨張感に悩まされ続けていた。痛みを抑えるために使っているモルヒネ系の鎮痛剤が、腸の働きを悪くしているのが原因のようだった。

脚をふらつかせてベッドを出ると、わたしは浣腸薬を持ってトイレに向かった。ここでのわたしは、排泄時にはたいてい浣腸薬のお世話になっていた。

広くて清潔なトイレに入り、ショーツを下ろしてナイトドレスをまくり上げる。中腰の姿勢を取り、浣腸薬の先端を肛門に深く差し込む。イチジクのような形をした胴の部分を、指の腹で強く押して直腸に液体を注入する。便座に腰を下ろし、白い壁を見つめ、込み上げて来る便意に耐える。

そして、わたしはいつものように、ひとりの男を思い出した。思い出したくなんてなかったのだけれど、浣腸をするたびに、わたしはその男を思い出した。

あれは今から2年ほど前……しとしとと雨の降る、少し蒸し暑くて、風のない夜のことだった。

いつものように、あの晩もわたしは指定されたホテルに行った。渋谷の道玄坂を上ったところに派手なネオンを光らせて林立する、悪趣味なラブホテル群のひとつだった。

今夜の相手は、どんな人なのだろう？　優しい人だといいのだけど……。

指定された部屋のドアの前に佇《たたず》み、緊張に身を強ばらせながら、わたしはそんなことを考えた。体を売る仕事を始めてもう何年も経つというのに、初めての客と会う直前にはひどく緊張するのが常だった。

ふーっと長く息を吐いたあとで、わたしはドアをノックした。薄いストッキングに包まれた脚が細かく震えていた。

ドアが開けられた瞬間、わたしの緊張はさらに高まった。そこに立っていた男が、わたしより15歳近くも年下、まだ20代の前半みたいに見えたからだ。

そんな若い人に呼ばれたのは、出張売春婦になって初めてのことだった。

目の前に立つ若い男は、よく日に焼けていて、背が高くて肩幅が広く、とても筋肉質な体つきをしていた。目付きが鋭くて、唇が薄くて、頬がこけていて、少し神経質そうな、少し意地悪そうな顔立ちだった。すでに服はすべて脱ぎ捨てていて、ぴったりとした黒いボクサーショーツを穿いただけの恰好だった。

「さっさと入れ」

横柄な口調で言うと、男はわたしを部屋に招き入れた。そして、値踏みでもするかのように、わたしの全身をまじまじと見つめた。

あの晩のわたしは、黒くぴったりとしたミニ丈のワンピースの上に、白と黒のチェックのジャケットを羽織っていた。足元はとても踵の高い黒いエナメルのパンプスで、いつものように、全身にたくさんのアクセサリーをまとっていた。

「初めまして。あの……アリアと申します」

部屋に入ったわたしは、ぎこちない笑みを浮かべながら、男に向かって深く頭を下げた。栗色の長い髪がはらりと垂れ下がり、耳元で大きなピアスが揺れた。

わたしはさまざまな名前を使って、出張売春婦の仕事をしていた。あの頃には『アリア』と名乗ることが多かった。

もちろん、男は名乗りはしなかった。ただ、少し不機嫌そうな顔をして、わたしに不躾《ぶしつけ》な視線を向け続けていただけだった。

その部屋には窓はなく、壁も天井もどぎつい紫色をしていた。床に敷き詰められたカーペットも、同じような紫色だった。部屋の中央には巨大なベッドがあったが、そこに掛けられている布団までが濃い紫色をしていた。

そのホテルには何度も来ていたが、その部屋に入るのは初めてだった。ベッドの足元の壁と、ベッドの真上の天井に、とても大きな鏡が張り付けられていた。

「あの……今夜はよろしくお願いいたします」

無言でこちらを見つめている男に、わたしはまた深々と頭を下げた。

客たちの多くは、わたしのそんな礼儀正しさを喜んだものだった。けれど、その男はそんなことには、まったく関心がないようだった。

「おばさん、本当に33なのか？」

顔を上げたわたしに男が訊いた。さっきと同じように、とても横柄な口調だった。

「はい。今月、33歳になりました」

あの日のわたしは38歳の誕生日を迎えたばかりだった。けれど、出張売春婦の仕事をする時にはいつも、実際より5歳ほど若く年を偽っていた。

「嘘を言うな。おばさん、本当は40を越えてるだろう？」

わたしを見下ろし、怒ったような口調で男が言った。

「嘘なんかじゃありません。でも……あの……もし、わたしがお気に召さないようでしたら、別の女の子にチェンジすることもできます」

少しムッとしてわたしは言った。そのまま部屋を出て、自宅に帰りたいと本気で思っていた。

年の差をわきまえない男の横柄な口調には腹が立ったし、『おばさん』と連呼されたことも不愉快だった。そして、何より、40を越えてると言われたことにはイライラした。実際の年齢より上に見られるなんて、覚えている限りでは初めてだった。

「そうだな……チェンジしてもいいんだけど……」

筋肉の浮き出た腕を胸の前で組み、男がわたしの顔を見つめた。「でも、今からチェンジすると、また時間もかかるから、今夜はおばさんで我慢してやるよ」

不機嫌な顔をして男が言い、わたしはひどく侮辱された気持ちになった。

本当はあの晩、「バカにしないで」と、わたしは怒るべきだったのだ。せめて、「お気に召さないようなので、やっぱり失礼させていただきます」と言って、その部屋を出て行くべきだったのだ。

けれど、わたしはそうしなかった。その晩の報酬が、どうしても必要だったのだ。あの頃のわたしは、それほどお金に困っていた。そこで受け取ったお金を、その日のうちにでも借金の返済に当てたかった。

「そうですか。あの……それでは、よろしくお願いいたします」

目の前に立つ15歳ほど年下の男を見上げて、わたしはまた頭を下げた。微笑もうとしたけれど、顔がひどく強ばって、うまくいかなかった。

「さっそくだけど……おばさん、アナルセックスをしたことはあるよな？」

腕組みをしたまま男が尋ねた。その太い腕は黒々とした毛に覆われていた。

男の言葉に、わたしはさらに顔を強ばらせた。

「いいえ。あの……ありません」

ひどく顔を強ばらせたまま、笑わずにわたしは言った。それは嘘ではなかった。

夫だった男や、恋人だった男たちから、肛門での性交を要求されたことはなかったし、客たちにそれを求められたことも一度もなかった。

「そうか。だったら、今夜が初めての体験になるわけだな」

神経質そうな顔を歪《ゆが》めるようにして、男が少し笑った。その男が笑うのを見るのは、それが初めてだった。

「そんな……困ります。今夜はそういう契約じゃありません」

後ずさりながら、わたしは言った。パンプスの高い踵が不安定に揺れた。

「心配するなよ、おばさん。ちゃんと金は払うよ」

男はサイドテーブルの上に置いてあったブランド物のバッグから、ブランド物の財布を取り出した。そして、そこから何枚かの紙幣を無造作に抜き取ると、わたしの前に乱暴に突き出した。

その紙幣をちらりと見ただけで、わたしにはそれが少なからぬ額だとわかった。

わたしは怖ず怖ずと手を伸ばし、その紙幣を受け取った。そして、マニキュアが光る指をぎこちなく動かしてそれを数えた。

驚いたことに、それは規定の料金の3倍を越える額だった。

「それで足りるよな？」

相変わらず横柄な口調で男が言い、わたしは手にした紙幣を無言で見つめた。それから、男の顔を見つめ、顎を引くようにして小さく頷いた。

そう。あの晩、わたしは頷いたのだ。肛門での性交の要求に応じたのだ。借金の返済に汲々としていたわたしは、わずか10枚ばかりの1万円札に目が眩《くら》んでしまったのだ。

「よし、契約成立だ。おばさん、トイレに行って、これで浣腸して来い」

たった今、財布を取り出したバッグから3つか4つの浣腸薬を出して、男がわたしに命じた。「1回だけじゃなく、それを全部使って、何回も繰り返すんだぞ」

男から渡された浣腸薬を見つめて、わたしはまた無言で頷いた。それはこのホスピスでわたしが使っている浣腸薬と、たぶん、同じものだった。

4

あの晩、わたしは自分より15歳くらい年下の男に命じられて、トイレで浣腸を繰り返した。浣腸をしたのは、それが初めてだった。

トイレの壁を見つめて浣腸をしながら、わたしはとても惨めな気分になっていた。けれど、努めて頭の中を空っぽにしようとしていた。

大丈夫よ、笑子。嫌なことなんて、あっと言う間に終わってしまうのよ。

わたしは自分にそう言い聞かせた。

3回か4回の浣腸を済ませてトイレから出ると、わたしはまた男に命じられて、着ているものをすべて脱ぎ捨てた。

いや……黒いレースのガーターベルトは腰に巻いたままだったたし、太腿までの黒いナイロン製のガーターストッキングも穿いたままだった。とてつもなく踵の高いエナメルの黒いパンプスも脱がなかった。男がそう命じたからだ。

裸になったわたしを見た瞬間、たいていの男の人たちは驚いた顔をした。わたしはそれほど美しい体をしていたのだ。

けれど、その若い男はそうではなかった。たいして面白くもなさそうに、わたしの体を一瞥《いちべつ》しただけだった。

「それじゃあ、おばさん、そのベッドに四つん這いになれ」

男がまた命じた。わたしと会ってから、男はずっと命令を続けていた。

そんな年下の男に命じられて、とても悔しかった。だが、選択肢はなかった。そこでのわたしは奴隷だった。あるいは家畜のような……もしかしたら、それ以下の、虫けらみたいな存在だった。

激しい屈辱と怒りを覚えながらも、わたしは巨大なベッドに上がり、そこに肘と膝を突き、低い四つん這いの姿勢をとった。

男はしばらく、そんなわたしを見つめていた。それから、太くてごつい指で、わたしの肛門に潤滑油のようなものを塗り始めた。

「いやっ……くすぐったいわ……」

他人の手で肛門に触れられるのは初めてのことで、そのあまりのこそばゆさに、わたしは腰を振り、痩せた体を左右によじらせた。

そんなわたしに、男が強い口調で、「おばさん、動くな」と命じた。そして、肛門に指を深々と押し込み、直腸の内側の壁にも潤滑油を塗り込めた。

「あっ……うっ……」

わたしはまた低く呻いた。

太腿の内側の筋肉が震えた。込み上げる屈辱と怒りに、涙が滲んだ。

わたしの肛門の内外にたっぷりと潤滑油を塗り込み終えると、男は黒いボクサーショーツを脱ぎ捨てた。その股間では黒々とした男性器が、暴力的にそり立っていた。

「おばさん、もっと大きく脚を広げろ……もっとだ……もっと広げるんだ」

男がさらに命じ、わたしはさらに強い屈辱を覚えながらも、ベッドに突いた膝をさらに大きく左右に広げた。

男はわたしの後ろにいたから、わたしの性器や肛門がよく見えたはずだった。けれど、恥ずかしいという気持ちは、ほとんどなかった。屈辱感や怒りも消えていた。そそり立った男の性器を目にしてからのわたしは、強い恐怖を覚えていたのだ。

そう。彼の性器は、それほどまでに太くて巨大だった。

その男からお金を受け取ってしまったことを、わたしはひどく後悔していた。けれど、もうどうすることもできなかった。

四つん這いになったままのわたしの背後に、男がゆっくりとひざまずいた。そして、わたしの小さな尻を両手でがっちりと鷲摑みにし、硬直した男性器の先端部分を肛門に宛てがった。

「やっぱり、やめて……怖いわ……お願い……お金は返します……だから……だから、許してください……」

目の前のシーツを握り締め、背後の男を振り返ってわたしは哀願した。けれど、その男が自分の訴えに耳を貸してくれると思っていたわけではなかった。

「おばさん、力を抜け。力を入れると、かえって痛いぞ」

わたしの尻を摑んだまま、男が言った。そして、その小さな尻を引き寄せるようにして肛門への挿入を開始した。

その瞬間、息が止まるほどの激痛がわたしの全身を走り抜けた。それは友里を産んだ時の痛みに、勝るとも劣らない凄まじいものだった。

「いやーっ！　やめてーっ！　いやーっ！」

顔をのけ反らせて、わたしは絶叫した。そして、体を雑巾のようによじり、さらに強くシーツを握り締めた。

わたしの叫びを無視して、男は巨大な性器をわたしの中に力ずくでねじ込み続けた。

石のように硬直した男性器が肛門を強引に引き裂き、直腸を無理やり押し広げながら、ズズズッ、ズズズッ、ズズズッと、わたしの中に侵入して来た。

「あっ！　いやっ！　いやーっ！　いやーっ！」

あまりの激痛に、わたしは失神しかけた。実際、目の前が暗くなり、スーッと意識が遠のきかけた。

けれど、失神してしまうことはできなかった。気が遠くなりかけた瞬間に、さらなる激痛が襲いかかり、それによって、わたしはまた覚醒させられた。

巨大な男性器がわたしの中に完全に埋没すると、男はしばらく動きを止めた。

「お願い……もう、やめて……お願いだから……もう許して……」

息も絶え絶えになりながら、わたしはまた、背後にいる男を振り向いて哀願した。

肛門が凄まじい痛みを発していた。いつの間にか、わたしの目からは大粒の涙が流れていた。口の端からは唾液が溢れ、顎の先から滴り落ちていた。

「バカ言うな、おばさん。まだ始めたばかりじゃないか」

強い力でわたしの尻を摑んだまま、男が言った。

「もう無理よ……お願い……もう抜いて……」

わたしが訴えたが、男は返事をしなかった。そして直後に、まるで機械のように激しく、腰を前後に打ち振り始めた。

巨大な男性器が肛門を引きつらせながら出たり入ったりするたびに、目も眩むような激痛がわたしを苛《さいな》んだ。

「いやっ！　いやっ！　いやーっ！」

わたしはシーツを握り締めて悶絶し、絶え間なく叫び続けた。

激痛から逃れるために、わたしは何とか前方に這い出そうとした。けれど、それはできなかった。わたしの尻を鷲摑みにした男の力は、それほどまでに強かった。

まるで怒りをぶちまけるかのように、男はわたしの肛門を荒々しく犯し続けた。

いったい、それが何分続いたのか、わたしにはわからなかった。わたしは自分が、永遠の地獄に突き落とされたかのように感じていた。

いつの間にか、わたしの全身は噴き出した脂汗にまみれていた。

あの晩、わたしの腸内に体液を注ぎ込んだあとで、男は肛門から引き抜いたばかりの男性器を、口に含むようわたしに命じた。

本当は拒否したかった。たった今まで肛門に入っていたものを咥えるだなんて……

そんなおぞましいことは絶対に嫌だった。

けれど、わたしは拒まなかった。もし拒否すれば、もっとひどい目に遇わせられそうな気がしたのだ。

涙の溢れる目をしっかりと閉じて、わたしは目の前に突き出された男性器を深く口に含んだ。ヌルヌルとしたそれからは、血と精液と、何か得体の知れないものが交じり合った、とても不気味な味がした。

「おばさん、もっと、ちゃんとなめろ」

真上から男の声が聞こえた。ここに来る前に入念にセットしたわたしの髪を、男は抜けるほど強く鷲掴みにしていた。

おぞましさと、悔しさに、さらに涙が流れた。


あの晩、さらに二度にわたって、男はわたしの肛門を荒々しく犯した。そして、射精を済ませるたびに、わたしの口に男性器を深々と押し込んだ。

最初の時にはあれほどおぞましく、屈辱的に感じられたというのに……三度目に男性器を咥えさせられた時には、わたしはもう何も思わなかった。きっと、心が擦り切れてしまったのだろう。あるいは、人格が崩壊しかけていたのだろう。

その後、男はわたしに自分の尿を飲むように命じた。わたしがそれを拒むと、男はまた数枚の1万円札をわたしの前に突き付けた。

わたしはまたしても、そのお金に目が眩み、ぐんにゃりとした男性器を口に含んだ。そして、口の中に注ぎ入れられた生温かい尿を、噎《む》せながらも必死で嚥下した。

尿を飲み下すのもまた、生まれて初めてのことだった。

真夜中に解放されてラブホテルを出た時には、わたしはボロ雑巾のようになっていた。脚がひどく震え、歩くこともできないほどだった。

男性器を繰り返し突き入れられた肛門は痛みを通り越し、その頃にはほとんど何も感じなくなっていた。何度も鷲摑みにされた髪の毛はくちゃくちゃになっていたし、長く四つん這いになっていたせいか、黒いガーターストッキングの膝の部分が左右ともに伝線していた。

あの晩、タクシーに乗って自宅のマンションに戻ると、わたしはトイレに駆け込み、口の中に指を深く突っ込んで嘔吐した。胃の中にあるはずのあの男の尿を吐き出そうとしたのだ。嘔吐が終わると水を飲み、また便器に顔を伏せて嘔吐した。そんなことを何度も繰り返した。

惨めで、悔しくて、情けなくて……とにかく、最低の気分だった。

その後、何日にもわたって、わたしは排便時の激痛に呻かなくてはならなかった。肛門からの出血も長く続いて、色の薄いショーツを穿くこともできなかった。何より、あの晩、自分が数枚の1万円札のために、男の尿を嚥下したことを思い出すたびに、恥辱と屈辱に体が震えた。

あれは本当にひどい体験だった。けれど……わたしの人生において最悪の体験というわけではなかった。

浣腸薬の助けを借りて、わたしはようやく排便を済ませ、脚をふらつかせながらトイレを出た。

ドアの向こうから、掃除機をかけているような音がした。人々の話す声も聞こえた。

いったい、誰が亡くなったのだろう？

ベッドに仰向けになると、わたしは白い天井を見つめた。

5

午後いちばんで、ホスピスの院長の新見先生と女性看護師の二宮さんがやって来た。

「大和田さん、お体の具合はいかがですか？」

老人斑の浮き出た顔に優しげな笑みを浮かべて、新見先生が穏やかな口調で尋ねた。

新見先生は小柄で痩せていて、わたしの母よりずっとずっと年上だったけれど、とても姿勢がよくて、いつもとても足早に歩いていた。

「ええ。薬が効いたみたいで、随分と痛みがなくなりました」

わたしは新見先生に微笑みかけた。

新見先生をわたしはとても信頼していた。彼はホスピスにいる患者たちが、少しでも快適でいられるように、さまざまな工夫を凝らしていた。

このホスピスでは医師も看護師も白衣は着ず、いつもふだん着姿だった。患者が病院にいるような気分にならないように、という配慮かららしかったが、それも新見先生の考えたことのようだった。

「それはよかった」

新見先生が静かに頷いた。「少しでも痛みが来たら、遠慮はしないで、すぐにナースコールをしてください。きちんと薬を使えば、痛みはコントロールできますからね」

「ええ。そうします。ところで、あの……どなたか亡くなられたんですか？」

少しためらったあとで、わたしは新見先生に訊いた。

「高山悦子さんがお亡くなりになられたんですよ」

相変わらず穏やかな口調で新見先生が言った。

「高山さんが……あんなにお元気だったのに……」

「ええ。少し前に容体が急変されまして……でも、苦しまず、安らかな最期でした」

新見先生が言葉を続け、わたしは無言で頷いた。

新見先生と二宮さんが出て行ったあとで、わたしは高山さんからもらったガウンをクロゼットから取り出した。そして、ナイトドレスの上にそれをまとい、椅子に座って高山さんを思い出した。

高山さんとわたしは、食堂のテーブルに向き合って三度ほどふたりで話をしたことがあった。話をしたといっても、喋っていたのは高山さんばかりで、わたしはいつも聞き役だった。人の話を聞くというのは、数少ないわたしの特技のひとつだった。

そんな会話の中で、高山さんがこんなことを言ったことがあった。

「わたしね、けっこう早めに治療を止めたの。人生の最後に無理な治療をして苦しみたくなかったのよ。死ぬのは少し早いような気もしたけど、わたしは充分にいい人生を送って来たから、割とすぐに諦めがついたの」

あれは二度目に話した時のことだったろうか？　それとも、三度目の時、わたしが彼女から、この派手なガウンをもらった時だったろうか？

あの時の高山さんの口調は、本当に穏やかで、顔には優しい笑みが浮かんでいた。

高山さんとは違って、わたしは大学病院で無理な治療をした。そして、ひどく苦しんだ上に、長くて美しかった自慢の髪のほとんどを失い、貴重な体力を著しく消耗してしまったのだ。

6

自宅近くの整形外科で紹介された大学病院に、わたしが初めて行ったのは、今から2カ月半ほど前、3月になったばかりの午前中のことだった。

その日、精密な検査が必要だと診断され、翌日、わたしはその大学病院に入院した。そして、その後、半月以上にわたってさまざまな検査を受けた。

わたしは母にも妹にも連絡をしなかった。そんなことをするのは、何だか大袈裟なことのように思われたのだ。だから、見舞いに来てくれたのは、わたしが所属していた出張売春クラブのオーナーだけだった。

オーナーはたぶん、わたしと同じくらいの年だった。わたしと同じように、彼女もとてもほっそりとしていて、いつもきちんとお化粧をし、ちゃんと着飾っていて、言葉遣いが丁寧で、上品で綺麗だった。

きっと、ある程度は裕福だったのだろう。彼女はいつも高価なブランド物のバッグを持ち、ブランド物のスーツやワンピースをまとい、ブランド物のパンプスやサンダルやブーツを履いていた。アクセサリーの多くもブランド物に見えた。

けれど、オーナーについて、わたしはそれ以外に何も知らなかった。わたしは彼女を『川中さん』と呼んでいたけれど、それにしたって本名なのか、仕事の時だけの名前なのか知らなかった。

いずれにしても、川中さんの親切は心に染みた。彼女は2日か3日に一度、花やお菓子を持って、わたしを見舞いに来てくれた。そして、ベッドの傍《かたわ》らの椅子に座り、いつも30分ほど話をしていった。

「エミちゃん、早く元気になって退院して来てね。エミちゃんがいてくれないと、商売上がったりよ」

いつだったか、川中さんがそんなことを言って笑った。

けれど、わたしの不在が売春の斡旋《あっせん》という彼女の商売に影響するとは思えなかった。あの頃のわたしは、まったく売れっ子ではなくなっていたのだから。

「そうですね。早く退院したいです。たぶん、たいしたことはないと思うんですけど……入院なんて初めてだから、何だか不安で……」

「きっと大丈夫よ。エミちゃん、顔色もいいし、どこから見ても健康そのものよ」

川中さんにそんなふうに言われると、本当に大丈夫なような気がして、わたしの不安はかなり和らいだ。

川中さんも体を売っていたことがあるのだろうか？

彼女と話をしている時、わたしはしばしばそんなことを思った。そして、裸になった彼女が、客の相手をしている姿を思い浮かべてみたりもした。

わたしはいつか、そのことを訊いてみようと思っていた。けれど、結局は訊かないままに終わってしまった。

大学病院での半月あまりに及んだ検査の結果を、わたしは担当の医師からひとりきりで聞いた。

わたしの担当をしていたのは、40代半ばの軽薄そうな医師だった。何枚ものエックス線写真をボールペンの先で示しながら、彼はわたしの病気を癌だと告げたあとで、

「あまり芳《かんば》しくない状態ですね」と、薄ら笑いを浮かべて言った。

芳しくない状態――。

担当医の言葉を聞いた瞬間、頭の中が真っ白になった。

「あの……わたし……そんなに悪いんですか？」

「そうですね。悪くないとは言い難いですね」

相変わらず薄ら笑いを浮かべながら、軽い口調で担当医が言った。

「あの……このまま放っておいたら……あの……余命はどのくらいなんですか？」

「うーん。それははっきりとは言えませんけど……放っておいたら、そんなに長くは生きられないかもしれませんね」

呆然としているわたしに、担当医はふたつの選択肢を提示した。そのひとつは、もう治療はせず、これからやって来るはずの痛みの緩和に専念し、癌とは闘わずに死の訪れを待つということで、もうひとつの選択肢は、強力な抗癌剤を使って癌細胞と徹底的に闘うということだった。

担当医の言葉を聞いたわたしは、ほとんど迷うことなく、癌細胞と闘うほうを選んだ。まだ死にたくなかったのだ。

「そうですね。僕もそうするべきだと思いますよ」

担当医が満足げに頷いた。

そんなふうにして、わたしは抗癌剤による治療を始めた。

だが、今はその選択を後悔しているし、あの医師を恨んでもいる。あんな説明をされたら、誰だって闘うことで癌が治癒するのではないかという期待を抱くに決まっている。

きっと、あの軽薄な医師は治療をしたかったのだ。わたしのような末期癌の患者に、抗癌剤がどんな作用を及ぼすのか、試してみたかっただけなのだ。あの医師はきっと、わたしを医療用のモルモットみたいに考えていたのだ。

7

わたしはすぐに治療が始まるのだろうと考えていたし、一刻も早く治療を始めてもらいたいとも思っていた。

けれど、治療はなかなか始まらなかった。全身に広がっていたわたしの癌が、どこで発生したのかがわからなかったから、治療の始めようがなかったようなのだ。

それでさらに半月近くにわたって検査が続けられた。それらの検査の中には、半日にわたって俯《うつぶ》せの姿勢でベッドに寝ていなくてはならないものもあった。

そのあいだも、川中さんはしばしば見舞いに来てくれた。

「大丈夫よ、エミちゃん。治療をすれば、きっとよくなるわ」

落ち込みがちなわたしを、川中さんはそう言って元気づけようとしてくれた。

結局、わたしの癌の発生源は特定できなかった。

発生源が特定できなければ、抗癌剤による治療はあまり成果を上げられないらしい。癌にもいろいろなタイプがあり、それに対する抗癌剤もいろいろとあるからだ。

それにもかかわらず、担当医は抗癌剤による治療を開始する決定を下した。

今になって思えば、『効くか効かないかわからないけれど、とりあえず、やってみよう』といういい加減なものだったのだろう。

けれど、わたしは担当医のその決定を喜んだ。

治療が辛いことは、ある程度は想像していたし、覚悟もしていた。けれど、抗癌剤が及ぼした副作用は、わたしの想像を遥かに上まわるものだった。

目眩、発熱、嘔吐、頭痛、全身の倦怠感……毎日のように髪がごっそりと抜け落ち、体中の皮膚を発疹が覆い、口の中のいたるところに口内炎ができた。

このホスピスではそんなことは絶対にないのに、大学病院ではモルヒネ系の鎮痛剤を打たれると、わたしはしばしば幻影を見た。今が昼なのか、夜なのか……それどころか、自分が今、そこで何をしているのかが、わからなくなることも少なくなかった。ベッドの中で苦しみにのたうちながら、わたしは何度も、このまま死んでしまうのではないかと思った。

それでも、わたしは必死に耐えた。どうしても生きていたかったのだ。こんなに苦しんだのだから、きっとその分のご褒美があるはずだと思ったのだ。

けれど、ご褒美はなかった。

抗癌剤による治療は、まったく効果を現さなかったのだ。

効果がなかっただけでなく、抗癌剤治療はわたしの肉体にとてつもなく大きなダメージを与えた。もともとが細かったわたしの体は、あの無駄な治療によって骨と皮ばかりに痩せ細ってしまった。自慢だった長い髪も、治療が始まった2週間後には、ほぼすべてが抜け落ちていた。

4週間にわたって続けられるはずだった最初の抗癌剤治療は、わずか2週間で打ち切られた。当初は1カ月の間隔をおいて第2弾、また1カ月の間隔をおいて第3弾の抗癌剤治療をする予定だったが、それも中止になった。これ以上の治療にわたしの体が耐えられないと、あの医師が判断したのだ。

「残念ですが、もう打つ手はありません。お手上げです」

軽薄そうな担当医は、悪びれもせずにそう言った。

けれど、弱り果てていたわたしには、怒りの気持ちさえも湧いてこなかった。ただ、ぼんやりとした頭の片隅で、『わたしは死ぬことになるんだな』と思っただけだった。

あの担当医はわたしのことを、やはり実験用のモルモットだと思っていたに違いないのだ。このホスピスにやって来て、新見先生や看護師たちや、ボランティアの人たちに尋ねてみると、大学病院に行った時点で、わたしにはもはや有効な治療など存在しなかったようなのだ。

もし、抗癌剤治療などせず、すぐにホスピスに来ていたら、わたしはもっと生きていられたのかもしれない。少なくとも、夏を迎えることはできたのかもしれない。うまくいけば、紅葉を眺めることができたかもしれないし、お正月を迎えることもできたのかもしれない。髪だってちゃんと残っていたのかもしれない。

そう思うと、悔しくてたまらない。


大学病院の担当医から打つ手がないと宣告されたあと、わたしは6人部屋のベッドの上で3日にわたって泣いた。突如として襲いかかって来た『死』というものを、どうしても受け入れることができなかったのだ。

わたしがいったい、何をしたというのだろう？ どうして、わたしが死ななければならないのだろう？ どうして、ほかの人でなく、このわたしなのだろう？

どうして……どうして……どうして……。

信じたことのない神を、わたしは心から恨み、心から憎んだ。夫だった男を恨み、客たちのひとりひとりを恨み、顔見知りのひとりひとりを恨んだ。医師や看護師たちを恨み、同じ病室にいる5人の入院患者を恨んだ。わたしに癌の遺伝子を与えた両親さえも恨んだ。とにかく誰かを恨まずにはいられなかったのだ。

ベッドの周りをぐるりと囲んだ白いカーテンの中で、いろいろな人を恨みながらわたしは涙を流し続けた。そのことで、わたしの瞼《まぶた》はひどく腫《は》れ上がってしまった。

泣いたってどうにもならないことはわかっていた。けれど、思う存分に泣くことで、ほんの少しだけれど、心が落ち着き、気持ちの整理がついた。

死を受け入れるという気持ちには、まだとてもなれなかったけれど……とにかく、この大学病院から出て行こうと思ったのだ。

大学病院には信頼できる医師はひとりもいなかった。優しく接してくれた女性看護師は何人かはいたけれど、みんなとても忙しそうで、わたしひとりに係わりあっていることはできなかった。

少し迷ったあとで、わたしは出張売春クラブのオーナーの川中さんに電話をかけた。そして、わたしにはもう、死という選択肢しか残されていないのだということを知らせた。ほかに相談できる人が、ひとりもいなかったのだ。

川中さんはひどく驚きながらも、すぐに駆けつけてくれた。そして、わたしのベッドの脇でぽろぽろと涙を流してくれた。

「ここから出たいの。わたし、ここでは死にたくないの」

わたしもまた涙で頬を濡らしながら、川中さんに言った。

「わかったわ、エミちゃん。わたしが何とかしてあげる」

真っ赤になった目でわたしを見つめ、川中さんはそう約束してくれた。

たいした期待をしていたわけではなかった。わたしと川中さんは、売春という違法な仕事に共同で携わっていただけで、友人でも親戚でもなかったから。

けれど、約束通り、川中さんはこのホスピスを探してくれた。そして、新見先生や川原先生や、看護師長の澄川《すみかわ》さんと面談した上に、入院の手続きまでしてくれた。転院する時にもわたしに付き添ってくれただけでなく、「退職金よ」と言って、いくばくかのお金を手渡してくれた。

「エミちゃん、また来るね」

あの日、帰り際に川中さんはそう言った。

それっきり、彼女は来てくれなかったけれど、彼女を恨む気持ちは今もまったく起こらなかった。

母と妹を別にすれば、川中さんはわたしに良くしてくれた、ただひとりの人だった。

そして、彼女はわたしのために、心からの涙を流してくれた。

8

いつものように、ベッドのリクライニングを起こし、窓の外を眺めている。

空を覆っていた灰色の雲は、いつの間にかすっかりなくなり、綺麗な青空が広がっていた。今では随分と傾いた太陽が、雨上がりの庭を明るく照らしていた。葉っぱに付着した水滴が、キラキラと美しく光っていた。

ヒヨドリは相変わらず、ハナミズキの樹の中にあるらしい巣に、餌の昆虫をせっせと運び続けていた。

ヒヨドリのお母さん、頑張って。

心の中でそう応援しながら、わたしは巣の中にいるはずの幼い命を思った。巣にはいったい、何羽の雛がいるのだろう？　今はどのくらいの大きさで、どんな姿をしているのだろう？　いったい、いつ巣立つのだろう？

そんなことを考えながら、わたしはまた友里のことを思った。

そう。友里。わたしの長女。わたしの大切なひとり娘。

友里はまだ高校生だけれど、いつかは結婚するだろう。そして、わたしの孫に当たる赤ん坊を産むだろう。

わたしが死んでも、この命は繋がるのだ。わたしが両親から授かった命は、友里から孫へと受け継がれていくのだ。

そんなふうに思うと、死の恐怖がほんの少し和らいだ。

わたしが赤ん坊を産んだという電話を受けた父は、オートバイ工場を休んで母とふたりで横浜の病院に駆けつけてくれた。

父は生まれたばかりの友里や、わたしの写真を何枚も撮った。「嬉しい」という言葉を何度も繰り返し、わたしに「笑子、よくやった。偉かったぞ」と言って、顔を皺くちゃにして笑った。

母は喜びのあまり涙を流していたし、朝からずっとわたしに付き添っていた夫だった男も、わたしの両親に負けないほど嬉しそうな顔をしていた。

わたしの両親が来た直後に、夫だった男の両親も病室にやって来た。ふたりとも満面の笑みを浮かべていた。彼らにとっても、友里は初めての孫だった。

「笑子さん、よく頑張ったわね」

あの日、義母はそう言って微笑みながら、わたしの手を強く握り締めた。

義母に褒められたのは、あれが最初で最後だった。義母の隣では、義父が何度も頷いていた。

その日の夕方には美子も病院にやって来た。美子は「お姉ちゃん、すごいわ！」と言って、ベッドの上のわたしに抱き着いた。

あの日はみんなが笑っていた。そして、いつも誰かが、友里やわたしの写真を撮っていた。みんなが代わる代わる友里を抱いて、写真を撮ったりもした。

友里を産んだばかりで、わたしは疲れ切っていたけど、嬉しそうなみんなの顔を見ていると、自然に顔がほころんだ。

あれはとても穏やかな春の日だった。まだ桜の季節には少し早かったが、わたしがいた病室の窓からは、病院の庭で咲いている杏の花が見えた。一日ごとに力強さを増す春の太陽が、わたしの掛け布団を明るく照らしていた。窓辺に置かれた花瓶では、夫だった男が持ってきた白と赤と黄色のチューリップが咲いていた。

友里がこの世に生まれて来た日——今になって思えば、あの日がわたしの幸せの絶頂だったのかもしれない。

今から10年前、わたしが離婚した時、父はわたしに友里の親権を取れと言った。

「もし、お前が育てられないのなら、俺たちが代わりに育てる。だから、友里だけは絶対に向こうに渡すな」と。

けれど、わたしはその言葉を無視し、親権をあっさりと放棄した。

あの頃のわたしは、子育てにうんざりしていたのだ。友里のことを、自分を縛り付けている厄介者だと思っていたのだ。

離婚して家を出た晩、引っ越し屋の段ボール箱が積み上げられたマンションの一室で、わたしは本物のシャンパンを開けた。独身に戻ったお祝いのつもりだった。よく冷えたシャンパンを味わいながら、これからまた、昔みたいに楽しい日々が始まるのだとわたしは思っていた。

そう。世の中でいちばん大切なものを失ったというのに……わたしはそのことにまったく気づかず、心を弾ませてさえいたのだ。

ああっ、わたしは何て愚かだったのだろう。

9

暗くなる前に、浜松の母がやって来た。

いつものように、病室に入って来た母は、顔色がとても悪かった。顔の皮膚がカサカサで、目の下にはどす黒い隈《くま》ができ、目が充血していて、かなり疲れた様子をしていた。美容室に行く余裕もないのかもしれない。黒く染めた髪の根元が、1センチほど灰色になっていた。

数年前に腎臓を患い、透析をするようになってからの母は、実際の年齢よりずっと年上に見えた。さらに、ここ半月あまりの心労で、一段と老け込んでしまったようだった。

「笑子……具合はどう？」

ベッド脇の椅子に腰掛けた母が、心配そうにわたしに訊いた。

「そうね……きょうはかなり具合がいいみたいなの」

わたしは微笑みながらそう言った。本当はそんなに具合はよくなかったが、母を心配させたくなかったのだ。

「そう？　それならよかったわ」

「来てくれて、ありがとう。会いたかったわ。でも、お母さん、疲れたでしょう？」

「わたしは大丈夫。疲れてなんかいないわよ」

そう言うと、母は力なく笑った。

その母の笑みが、わたしをギョッとさせた。わたしの知らない老女が笑っているように見えたのだ。

　母が来てくれたことが、わたしにはとても嬉しかった。けれど、いつものように、わたしたちの会話は湿りがちだった。

　わたしには母と何を話していいのかが、よくわからなかった。同じように、母もわたしに何を話していいのかが、よくわからないようだった。

　昔はこんなふうではなかった。かつてのわたしたちは、母と娘というより、女友達みたいな関係で、顔を会わせれば、どうでもいいことをお互いが夢中になって話したものだった。

　けれど、この病室でのわたしたちは、お互いの口から出る言葉のひとつひとつに、ひどく神経質になっていた。

　そう。わたしには未来がなかったから、これから先のことを話すことはできなかった。この10年、わたしはロクでもないことばかりして生きて来たし、母も何となくそれを感じているようだったから、過去についてもあまり話すことはなかった。わたしに気を遣ってか、母は友里のことも口にはしなかった。

　しかたなく、わたしたちは美子のことを話した。わたしより2歳下の美子は、大手証券会社系のシンクタンクで働いていた。結婚はしていなくて、つい先日、新宿の高層マンションの3LDKの部屋を買ったと聞いていた。

わたしは行ったことがなかったが、母によると、16階にあるその部屋から見下ろす東京の夜景は素晴らしいようだった。明日は土曜日で仕事が休みだったから、美子は午前中にここに来てくれることになっていた。

「美子、結婚しないつもりなのかしら？」

化粧けのない美子の顔を思い浮かべながら、わたしは言った。

わたしとは違って、美子は勉強がとてもよくできた。その代わり、お化粧やお洒落にはまったく無頓着だった。わたしと同じように本当は美人なのだけれど、男の人にはほとんど関心がないようで、恋人がいるという話も聞いたことがなかった。

「そうね。美子ったら、結婚の話をすると嫌がるのよ。わたしとしては、早く孫の顔が見たいんだけど……」

そう口にした瞬間、母がハッとしたような顔をした。母はもう何年も、たったひとりの孫である友里の顔を見ていなかった。

母はわたしが頼んでおいた『里の野鳥』という本を買って来てくれた。この半月あまりのあいだに野鳥観察のベテランになっていたわたしは、その本を喜んで広げた。ヒヨドリが記載されているページはすぐに見つかった。嬉しいことに、そこには巣の中にある卵の絵や、巣にいる雛の絵も何枚か描かれていた。

その本によれば、ヒヨドリは通常、一度に2個から6個の卵を産むらしかった。そこに描かれていた卵から孵《かえ》ったばかりのヒヨドリの雛の絵は、丸裸で、とてもグロテスクで、まだ目も開いていなかった。けれど、ほんの数日で目が開き、体には羽毛が生え始めるようだった。

『里の野鳥』によれば、ヒヨドリは孵化《ふか》してから1週間から10日ほどで巣立つということだった。巣立ちの時には、尾羽がとても短くて、まだほとんど飛べないけれど、体だけは親鳥と同じくらいの大きさになるらしかった。巣立ったあとも、しばらくのあいだは、雛たちは親鳥から餌となる昆虫をもらい続けると書かれていた。

1週間から10日ほどで巣立つ——そのことがわたしをさらに喜ばせた。もしかしたら、雛たちの巣立ちを見ることができるかもしれなかった。

1時間ほどわたしの部屋で話をしていたあとで、わたしは母とふたりで食堂に向かった。このホスピスの食堂では、一般の人々も食事をすることができたから、母が来るたびにわたしたちは食堂に行っていた。

いつものように、母はわたしに車椅子に乗るように言った。けれど、わたしはいつものように、「大丈夫。歩けるわ」と言ってそれを断った。

きょうはかなり脚がふらついた。途中で疲れて、何度か立ち止まりもした。それでも、廊下の手摺りにしがみつきながら、わたしは何とか食堂にたどり着くことができた。

母は自分で煮たという『おから』を、タッパーに入れてもって来てくれていた。それは、幼い頃からのわたしの好物だった。

食欲はまったくなかったし、口内炎がひどくて何も口にしたくなかったけれど、わたしはそれを一生懸命に食べた。

「おいしいわ、お母さん。すごくおいしい」

わたしが言うと、母はとても嬉しそうな顔をした。そんな母の顔を見ると、わたしも嬉しかった。


母が来た晩にはいつもそうしているように、わたしは今夜も部屋に簡易ベッドを運んでもらった。母はとても疲れていたようで、そのベッドにすぐに横になった。

ベッドに横になったまま、わたしたちはまた少し話をした。

「お金がかかるから、わたしのお葬式はしなくていいわ。骨はお父さんと同じお墓に入れてね」

微笑みながら、わたしは言った。

わたしの葬儀——それは遠い将来の話ではなく、すぐそこに差し迫ったことだった。

「そんな話はやめて……」

そう言うと、母はティッシュペーパーで涙を拭い、その紙で鼻をかんだ。

「でも……今のうちに、ちゃんと話し合っておかないと……」

「いいから、やめて……お願い……そんなこと、考えたくないの……」

声を震わせて母が言った。その目から、また涙が滴《したた》り落ちた。

そんな母を見て、わたしは父の葬儀を思い出した。あの時も、母は泣いてばかりいて、親戚への挨拶もできなかったのだ。

10

大好きだった父の死に目に、わたしは会うことができなかった。あの日のことを思い出すと、今も髪を掻《か》き毟《むし》りたいような気分になる。

父が亡くなったのは、今から5年ほど前のことで、7月の31日が命日だった。

オートバイ工場での組み立て作業をしている最中に、父は突然「苦しい」と訴え、直後に胸を押さえて倒れたと聞いている。心筋梗塞ということだった。61歳だった父は、すでに定年の年齢を過ぎていたが、それでもまだ同じ工場で働かせてもらっていた。

父はすぐに救急車に乗せられ、病院の集中治療室に運び込まれた。父が倒れたという知らせを受けた母は、ひどく取り乱しながらも、すぐに東京にいる美子とわたしに電話をした。午後5時を少しまわった時刻だったという。

電話を受けた美子はすぐに都内のオフィスを出て浜松に戻り、父の死の瞬間に立ち会うことができた。

けれど、わたしは間に合わなかった。母が電話をして来た頃、わたしはその日の客と落ち合っていて、携帯電話の電源をちょうどオフにしたところだったのだ。あの少し前から、わたしは出張売春婦という仕事をするようになっていた。

わたしが電話の電源を切ったのと、母が電話をして来た時間差は、わずか5分ほど。いや、もっと短かったかもしれない。

けれど、そのわずか5分が、わたしの人生の多くを象徴していた。

あの日、わたしが会っていた男の人は、あの頃の常連客のひとりで、佐伯さんといった。大きな中古車販売会社の経営者だということで、年はわたしより10歳ほど上に見えた。

佐伯さんは少し神経質で、ささいなことで機嫌を悪くすることもあったけれど、会うたびに高級なお店でおいしいものを食べさせてくれたし、正規の料金のほかに多額のチップを弾んでくれたから、わたしにとっては大切な客だった。

わたしと一緒にいる時、佐伯さんはしばしば携帯電話で誰かと話をしていた。けれど、わたしの携帯電話が鳴ることを、彼はとても嫌がった。それでわたしは、佐伯さんと会う時には、いつも電話の電源を切っていた。

あの日のわたしは、午後5時ちょうどに佐伯さんと待ち合わせた。そして、ふたりで西麻布にある洒落た日本料理店に行き、そこで3時間ほど楽しく食事をした。

そう。会社を早退した美子が新幹線で浜松に向かっていた頃、わたしは店の個室で佐伯さんと日本酒を飲みながら、手の込んだ日本料理に舌鼓を打っていたのだ。テーブルの下から腕を伸ばした佐伯さんに、ミニ丈のスカートから剝き出しになった太腿を撫でられて、「いやん。やめて」と、甘い声を出しながら身をよじったりもしていたのだ。

美子は新幹線の中から、わたしに何度もメールをしたり、電話をかけたりしたらしい。母もわたしに何度となく電話を入れたようだった。けれど、もちろん、わたしの電話は鳴らなかった。

出張売春婦という仕事を始めたばかりだったあの頃、わたしは仕事の時には『早苗』と名乗っていた。大学に通っていた頃、同じゼミにいた女の子の名前だった。

確か……山川早苗といったと思う。淑《しと》やかで上品で、とても綺麗なほっそりとした子で、男子学生たちにとても人気だった。彼女の祖父は大手食品会社の創業者だということで、すごくお金持ちのお嬢様のようだった。まだ学生だったというのに、彼女はいつも高価なブランド物のバッグを持ち、ブランド物のサンダルやパンプスを履いていた。アクセサリーもみんなブランド物のように見えた。

特に仲が悪かったというわけではないけれど、山川早苗は何となくお高くて、何となく近寄りがたい雰囲気があって、わたしは彼女とは親しくなれなかった。彼女のほうでも、わたしを避けているようにも感じられた。

出張売春婦という仕事の時にその名を使うことで、わたしは生まれながらのお嬢様である彼女を穢《けが》してやろう、貶《おとし》めてやろうと考えていたのかもしれない。

いずれにしても、あの晩、何も知らずに日本料理店を出たわたしは、佐伯さんとふたりでタクシーに乗って渋谷のラブホテルに向かった。午後8時頃のことだった。

佐伯さんはタクシーの後部座席でずっと、わたしの太腿を撫でまわし続けていた。脚の付け根近くまでせり上がっていたスカートの中に手を入れて、薄いショーツの上から指先で女性器を撫でることもあった。

「いやん……濡れちゃう……」

父が死に瀕《ひん》していることも知らず、わたしは佐伯さんの耳元で、そんなふうに囁《ささや》いたりしていた。

いつもそうしているように、あの晩もラブホテルの部屋に入るとすぐに、わたしは自分から服と下着を脱ぎ捨てて全裸になった。

「さあ、早苗、今夜はこのヴァイブレーターを使ってごらん」

あの晩、佐伯さんが手渡したのは、わたしの手首ほども太さのある、とてもグロテスクな電動の疑似男性器だった。それは毒々しい赤紫色をしていて、スイッチを入れると、まるで生きているかのようにくねくねと淫靡《いんび》に身をくねらせた。

佐伯さんはそういう器具を使って自慰行為をしているわたしを、ビデオカメラで撮影するのが大好きだった。

男の人の見ているところで自慰行為をするなんて……佐伯さんから初めてそれを命じられた時は、とても恥ずかしかった。ベッドの上で実際にそれをしてみたけれど、緊張と恥ずかしさで、まったく感じなかった。

けれど、あの頃にはもう慣れたものだった。

「こんなに太いのは無理よ……怖いわ……佐伯さん、お願いだから、今夜は許して」

細い眉を寄せ、嫌々をするように首を左右に振り、怯《おび》えた口調でわたしは言った。

けれど、本当にそう思っていたわけではなかったし、怯えていたわけでもなかった。

それどころか、あの晩のわたしは、淫靡な期待に胸を膨らませてさえいた。

「大丈夫。怖くないよ」

佐伯さんが言った。その目が欲望に潤んでいた。

「でも……やっぱり怖い……こんなの、入らないわ」

わたしはなおも、ためらった様子をしてみせた。そんな初々しい態度をしてみせるほうが、佐伯さんがより高ぶると思ったのだ。

「さあ、早苗、さっさと始めなさい」

佐伯さんが命じた。興奮のために、早くも声が上ずっていた。

怯えたような顔をしたまま、わたしはゆっくりとベッドに乗り、両脚を大きく広げてそこに仰向けになった。そして、片方の手でためらいがちに左右の胸を揉みしだき、もう片方の手で女性器全体に優しい刺激を与え始めた。

「あっ……いやっ……あっ……ああっ……」

まだ、まったく感じてはいなかったけれど、わたしはすぐに淫らな喘ぎ声を漏らし、何度も両脚を突っ張って体を弓なりに反らせて悶え始めた。そうすると、佐伯さんが喜んだからだ。

そんなわたしの姿を、佐伯さんは夢中になってビデオカメラで撮影していた。

「どうだ、早苗？　感じるか？」

ビデオカメラ越しにわたしを見つめ、上ずった声で佐伯さんが訊いた。

「ええ、感じるわ……あっ……うっ……ああっ、ダメっ……」

競泳用水着の跡がうっすらと残る体を左右によじり、両脚で何度もシーツを蹴りながら、声を喘がせてわたしは答えた。

そんなふうに、最初はいつも、わたしは感じているような演技をしていた。だが、すぐに本当に感じ始め、乳首を固く尖らせ、女性器を多量の体液で潤ませるのが常だった。
こんなに恥ずかしくて、こんなに無防備な姿を、ビデオカメラで撮影されていると
いう事実が、わたしをひどく高ぶらせたのだ。
自慰行為を始めて10分もしないうちに、本物の快楽が次々と押し寄せ、わたしはも
う演技をすることもなく、全身を悶えさせて淫らな大声を張り上げていた。

やがて、自慰行為を続けているわたしに、佐伯さんが命じた。
「さあ、早苗、今度はそのヴァイブレーターを使ってみなさい」
激しく高ぶっていたわたしは、その命令を待ち侘びていたかのように、ベッドの上
に転がっていた太くてグロテスクな疑似男性器を摑んだ。そして、合成樹脂でできた
それを、自分が分泌した体液でびしょびしょになった女性器にゆっくりと挿入し始め
た。
「あっ……うっ……いやっ……」
とてつもなく太い疑似男性器が、膣の内側を強く擦り、それを強引に押し開くよう

にして、わたしの奥へ、奥へと侵入して来た。その存在感のあまりの大きさに、わたしは完全に圧倒された。

低く呻きながら、わたしは太い電動の疑似男性器の挿入を続けた。やがて、その先端部分が子宮に触れるのが感じられた。

「何だ、すっぽりと簡単に入ったじゃないか」

佐伯さんの声が聞こえた。その声がさらに上ずっていた。「それじゃあ、早苗、スイッチを入れてごらん」

言われなくても、そうするつもりだった。わたしはすぐにスイッチを入れた。

その瞬間、くねくねとうねりながら振動を始めた疑似男性器が、わたしに強烈な快楽をもたらした。それはまさに、目が眩み、気が遠くなるほどの快楽だった。

「あっ！　すごいっ！　あっ！　感じるっ！　うっ！　あああっ！」

疑似男性器から送られて来る強烈な刺激に、わたしは我を忘れて声を上げた。

そう。父が今まさに死のうとしていた時に、わたしはいかがわしいホテルのベッドで、股間にグロテスクな疑似男性器を突き立て、身をよじって淫らな声を上げていたのだ。

妹の美子が病院に到着した少しあと、午後10時10分過ぎに父は息を引き取ったと聞いている。

あの時、佐伯さんが撮影したビデオをあとで見ると、父が息を引き取ったまさにその瞬間、わたしは全裸でベッドに肘を突き、四つん這いの姿勢を取っていた。そして、股間から突き出した疑似男性器の刺激に悶えながら、目の前にひざまずいた佐伯さんの性器を口いっぱいに頬張り、くぐもった呻き声を上げていた。

ああっ、わたしはいったい、どこまで親不孝をすれば気が済むのだろう。

11

やはりとても疲れていたのだろう。明かりを消すとすぐに、母は寝息を立て始めた。

けれど、わたしは眠れなかった。少し前から、また断続的に左肩が強い痛みを発し始めたのだ。

わたしは歯を食いしばり、必死でその痛みに耐えた。

ナースコールのボタンを押せばいいことはわかっていた。そうしたらすぐに、夜勤の看護師が駆けつけて、鎮痛剤を打ってくれるはずだった。

けれど、わたしはそうしなかった。看護師がやって来たら、母が目を覚ましてしまうと思ったのだ。

もう少し我慢しよう。もう少しだけ我慢してみよう。

そう思いながら、わたしは徐々に強さを増していく痛みに耐え続けた。

いつの間にか、全身の皮膚が脂汗を噴き出していた。

痛みに耐えていたら、急に友里を産んだ時のことを思い出した。あの分娩の痛みは、それまでに経験したことがないほどに激しいものだった。

けれど、あの時のわたしは、それを辛いとは思わなかった。それどころか、その痛みを嬉しくさえ感じた。

あれは耐えるに値する痛みだった。そのあとで、素敵な『ご褒美』がもらえる痛みだった。

けれど今、この痛みに耐えることで、神様はわたしに何か『ご褒美』を用意してくれているのだろうか？


「うっ……いやっ……」

ずっと抑えていた呻きが、ついにわたしの口から漏れてしまった。

その声に母が目を覚ました。

「どうしたの、笑子？　苦しいの？　痛いの？」

サイドテーブルの明かりを灯《とも》した母が、眩しそうに目を瞬《しばた》かせながらも、切羽詰まった顔でわたしを見つめた。

「お母さん、起こしちゃって、ごめんね。ちょっと痛みが我慢できなくて」

声を喘がせてわたしが言い、直後に母がナースコールのボタンを押してくれた。

「笑子、わたしを起こしたくなくて我慢してたの？」

今にも泣き出しそうな顔で母が訊いた。

「そうじゃないの。今、急に痛くなったの」

わたしは嘘をついた。

そんなわたしの額に噴き出した脂汗を、母が乾いたタオルで丁寧に拭ってくれた。

「笑子……」

母が何かを言おうとした。けれど、その口から言葉は出なかった。ただ、充血したその目から、大粒の涙が流れ落ちただけだった。


すぐに看護師の中沢さんがやって来た。そして、左腕に鎮痛剤の点滴を施してくれた。そんなわたしの右手を、母は目を潤ませながら握り締めていてくれた。

鎮痛剤の投与によって、痛みは徐々に薄れていった。同時に、強い睡魔が襲いかかって来た。

「お母さん……もう痛くなくなったわ。ありがとう」

目を閉じたまま、わたしは言った。眠たくて、眠たくて、目を開けていることができなかった。

「そうかい。それはよかった……それじゃあ、少し休むといいよ」

母の声が聞こえた。

「ええ。そうするわ……お母さん……おやすみなさい」

囁くようにわたしは言った。

もしかしたら、このまま目が覚めないのではないだろうか？　このまま、わたしは死んでしまうのではないだろうか？

そんなことを考えながら、わたしは眠りの中へと落ちていった。

お父さん……もうすぐ会いに行くからね……。

心の中で、わたしは呟いた。不思議なことに、怖いとは思わなかった。

第4章

1

また朝が来た。わたしはまだ生きている。

生き延びた――。

眠りから覚め、病室の天井が視界に入って来た瞬間、わたしはまた、そう思わずにはいられなかった。

きょうは天気がいいようだった。カーテンの合わせ目から薄暗い部屋の中に、強い光が細く差し込んでいた。庭にいるらしいスズメたちが、盛んに鳴いている声も聞こえた。

すぐ脇には母がいた。わたしのベッドの横に並べられた簡易ベッドに、母は腰を下ろしていた。胸の前で腕を組み、顔を俯《うつむ》かせ、眉間《みけん》に皺を寄せて目を閉じていた。サイドテーブルの時計の針は、午前7時を指していた。昨夜、鎮痛剤の点滴をしてもらったのが午後10時ぐらいだったから、9時間ほども眠っていた計算だった。

わたしはまた母に目をやった。

あれから一度も横にならず、ずっとそうしていたのだろうか？　眠っているわたしを、ずっと見守っていてくれたのだろうか？

暗がりに浮き上がった母の顔は、本当に皺だらけで、醜い染みがいくつも浮き上がり、悲しくなるほどに年老いて見えた。

母が眠っているなら起こしたくなかった。けれど、起こして横にならせたほうがいいのではないかとも思った。そんな姿勢で眠っていても、疲れは取れないはずだった。

声をかけようか、やめようかと迷いながら、わたしは母を見つめ続けた。

そうするうちに、急に母が目を開き、わたしの顔を見つめ返した。

「笑子……起きてたの？　具合はどう？」

母が心配そうに訊いた。こんな暗がりでも、母の目が赤く充血しているのがわかった。顔には血の気がなく、少し浮腫《むく》んでいるように見えた。

「大丈夫。もうどこも痛くないわ」

わたしは微笑んだ。左肩の痛みは、まだ消えていなかった。その痛みが完全に消えるのは、わたしが死ぬ時なのだ。だが、昨夜のような激痛はなくなっていた。「心配させちゃって、ごめんね。お母さん……あれからずっと眠っていないの？」

わたしの問いには答えず、母はそっと微笑んだ。そんなふうに笑うと、目の脇の皺がさらに深くなった。

「さあ、カーテンを開けようね」

母は大きく伸びをしたあとで、簡易ベッドから立ち上がり、東を向いた窓へと向かった。スカートの裾からのぞくふくら脛《はぎ》や足首が、ひどく浮腫んでいた。

「お母さん、少し横になったほうがいいんじゃない？　眠っていないんでしょう？」

「わたしは大丈夫だよ」

そう言うと、母がカーテンを開け放った。

その瞬間、部屋の中に光が満ちた。そのあまりの明るさに、わたしは目を細めた。

「いい天気だねえ」

窓辺に佇んだ母が言った。

母の後ろ姿を見つめ、わたしは静かに頷いた。

「そうね。いいお天気ね」

そうしているうちに、ヒヨドリが戻って来た。ヒヨドリはそのクチバシに、小さなトカゲを咥えているように見えた。


食堂に向かう前に、わたしはベッドのリクライニングを起こし、入念にお化粧を施した。そんなわたしの隣で、母が明るい栗色のかつらにブラシをかけてくれた。

お化粧をするのは、数少ない得意なことのはずなのに、最近は手が震えて、以前に比べるとずっと時間がかかるのが常だった。

「笑子、ちょっと化粧が濃すぎるよ」

目の縁にアイラインを入れているわたしを見つめて、母が笑った。

「あらっ、濃くないわよ」

わたしも笑いながら、言い返した。

「そんなに濃く化粧をすると、売春婦みたいに見えるよ」

その言葉に、わたしはドキンとした。

「ひどいこと言わないでよ」

ピンクのグロスをたっぷりと塗った唇を、わたしはすねたように尖らせてみせた。

母はわたしが売春婦だったことを知らない。知らないはずだ。

いや……どうなのだろう？


身支度が終わったら、ふたりで食堂に行くことになっていた。

わたしは自分の脚で歩くつもりだった。けれど、今朝のわたしには、それは難しそうだった。何とか歩くことはできるのだが、トイレに行くのが精一杯で、とても食堂まではたどり着けそうになかった。

しかたなく、わたしは車椅子を使うことにした。

大学病院では何度か車椅子に乗せられたこともあった。けれど、ここで車椅子に乗るのは初めてだった。

ああっ、母に車椅子を押してもらう日が来るだなんて……。

そのことに、わたしは少なからぬショックを受けていた。

「笑子、押すよ」

車椅子の背後に立った母が言った。直後に、車椅子がゆっくりと進み始めた。

食堂に着くまでに何人かと擦れ違った。女性看護師の久保田さん、ボランティアの千田さんと野村さん、食堂から病室に戻る途中らしい60歳ぐらいの男性患者と、その奥さんらしい女の人とも擦れ違った。

「乗り心地はどうだい？」

明るい廊下を食堂に向かって進みながら、背後の母が軽い口調で尋ねた。

「ええ。いいわ。快適よ」

振り向かずに、わたしは微笑んだ。

この廊下を自分の脚で歩くことは、もう二度とないのだろうか？　数日のうちにはひとりで入浴することも……それどころか、ひとりでトイレに行くこともできなくなるのだろうか？

そんなことを思うと、悲しくて涙が込み上げて来た。けれど、泣くわけにはいかなかった。泣いたら、せっかくのお化粧が崩れてしまうから。

朝日の差し込む明るい食堂では、かなり年配の男の人と、やはりかなり年配の女の人が、それぞれ別のテーブルで食事をしていた。けれど、先日、ここでわたしと話をしたサイトウ・ヒロカズさんの姿はなかった。

わたしと母は窓辺のテーブルに向き合って座った。その窓からは、手入れの行き届いた英国風の庭園がよく見えた。

すぐにボランティアの中野さんが注文を取りに来てくれた。中野さんは50代半ばだろう。とてもおっとりとした雰囲気の女の人だった。

塩分の制限を受けている母は、中野さんに相談してから、小松菜と鳥のササミ肉の入った塩分のないお粥を注文した。食欲はまったくなかったけれど、わたしは母と同じものに少し塩味をつけてくれるようにお願いした。

「ねえ、中野さん。サイトウさんはもう朝ご飯は終わったんですか？」

わたしは中野さんに尋ねた。

「サイトウさん？」

「ほらっ、車椅子に乗った、まだ若い男の人よ」

「ああ、サイトウさんね」

中野さんが大きく頷いた。それから、少し顔をしかめ、「サイトウさん、昨夜、お亡くなりになられたのよ」と言った。

その言葉は意外ではなかった。もしかしたら、そうではないかと予想していたのだ。

わたしは無言で頷いた。そして、サイトウさんが、人生の最後にわたしみたいに綺麗な人と話せてよかったと言ったことを思い出した。

2

食事を終えて部屋に戻るとすぐに、美子がやって来た。

仕事の帰りに来てくれる時の美子は、いつもスーツかワンピース姿で、あまり踵の高くないパンプスを履いている。少しだけだが、お化粧もしている。

けれど、きょうの美子は飾り気のないTシャツの上に、やはり飾り気のないカーディガンをまとい、擦り切れたジーパンを穿いていた。足元はスニーカーで、お化粧はまったくしていなかった。

美子は昔からお化粧やお洒落に無関心だったから、小学生だった頃から、美子が着る服は毎朝、わたしがコーディネイトしてあげていた。美子はわたしに洋服を選んでもらうのが大好きで、「エミちゃんがいないと、何を着たらいいかわからない」と、いつも言っていた。

「エミちゃん、おはよう。具合はどう？」

病室の戸口に立った美子が、いつものように明るい口調で言った。メソメソしてばかりいる母とは違って、ここでも美子は以前と同じように振る舞ってくれた。

「うん。今朝は少しいいのよ。ありがとう」

わたしもまた、できるだけ明るい声を出した。「美子、きょうもタクシーで来たの」

「ええ。そうよ。バスを待ってるより、そのほうが簡単だから」

このホスピスはJRの大磯駅からも小田急線の秦野《はだの》駅からも遠くて、少し不便なところにあるのだが、美子は金銭的に余裕があるようで、いつもタクシーでやって来た。

食欲がなくても、アイスクリームなら食べられるとわたしが言ってからは、美子はここに来るたびに高価なアイスクリームを持参してくれていた。

「エミちゃん、きょうも綺麗ね。昔とちっとも変わらないわ」

美子が言った。彼女はわたしが何を言われれば嬉しいのか、昔からちゃんと心得ていた。そういう意味では、わたしのほうが妹みたいな感じだった。


何げなく冷蔵庫を開けた美子が、白ワインのボトルを見つけた。

「あらっ、ピュリニー・モンラッシェじゃない？　これ、1万円以上するでしょ？　エミちゃん、すごく高いワインを飲んでるのね」

美子の言葉は、わたしを驚かせた。

「美子、ワインに詳しいの？」

「うん。実は最近、ワイン教室に通ってるのよ」

「そうなんだ？　それ、一緒に飲む？」

わたしは言った。できれば美子と、もう一度お酒を飲んでみたかった。

「まだ10時よ」

美子が笑った。「でも、エミちゃんが飲むなら、わたしも飲むわ」

「うん。飲もう。飲もう」

わたしは言った。久しぶりに心が弾んだ。


わたしは起こしたベッドに寄りかかり、美子は簡易ベッドに腰掛けて、ブルゴーニュ・グラスに注がれた黄金色をしたワインを飲んだ。そんなわたしたちを、母は嬉しそうに見つめていた。

こうして美子とふたりでお酒を飲むなんて、いったいいつ以来だろう？　美子はお盆と年末年始には実家に帰省しているようだった。けれど、わたしは父の葬儀以来、浜松には一度も戻っていなかった。

「そうやって、あんたたちが飲んでるのを見てると、わたしまで飲みたくなるよ」

美子の隣に座っていた母が笑った。母もかつてはお酒が好きだった。けれど、今では医師に強く禁酒を求められていた。

「お母さん、ごめんね……」

グラスをサイドテーブルに置き、母を見つめてわたしは言った。

「何がごめんなんだい？」

母が笑った。けれど、その顔は涙を堪《こら》えているようにも見えた。

「あの……ここの入院費のこと……お金をたくさん使わせちゃって、ごめんなさい……この個室って、すごく高いんでしょう？」

今の母の収入は父の遺族年金だけで、生活は楽ではないはずだった。そんな母にお金を使わせていることを、わたしは本当に心苦しく思っていた。

「そんなこと、気にしなくていいんだよ。それにね……ここの費用の半分は美子が出してくれてるんだよ」

母の言葉はわたしを驚かせた。そんな話は初耳だった。

「そうなの、美子？　ここの入院費、美子も出してくれてるの？」

「お母さんったら、お喋りね。それは言わないっていう約束だったじゃない」

グラスを手にしたまま、美子が母を睨《にら》みつけた。

「ごめんね。美子……わたし、迷惑ばかりかけて……本当にごめん」

化粧けのない美子の顔を見つめて、わたしは謝罪した。妹にそんなお金まで出させせていただなんて……恥ずかしくて、情けなくて、穴があったら入りたいぐらいだった。

「いいのよ、エミちゃん。ほらっ、わたしはお洒落にも興味がないし、仕事が忙しくてお金を使ってる時間がないんだから……だから、気にしないで」

あっけらかんとした口調で、美子が笑った。

「ごめんね、美子……ありがとう」

わたしは唇を噛み締めた。目の奥が熱くなった。

この埋め合わせは、いつかするから……本当はそう言いたかった。けれど、悲しいことに、このわたしには、『いつか』という時は存在しないのだ。

3

黄金色をしたコート・ドールのワインを飲みながら、美子が除光液でわたしの手足の爪のエナメルを落とし、そこに買って来てくれたばかりのエナメルを塗ってくれた。春に発売されたクリスチャン・ディオールの新色らしかった。

美子から爪にエナメルを塗ってもらうのは、これが初めてだった。

自分はめったにマニキュアもペディキュアもしないのだろう。美子のエナメルの塗り方はとても下手くそで、ひどいムラがあちらこちらにできていた。それでも、美子に爪を塗ってもらえることが、わたしには嬉しかった。

「エミちゃんは、ずっとわたしの憧れだったんだよ」

わたしの手の爪に、唇をすぼめて息を吹きかけながら美子が言った。

「そうなの？」

「うん。小学校でも中学校でも、エミちゃんのことがすごく自慢だったよ」

「わたしの何が自慢だったの？」

「エミちゃん、すごく綺麗で、すごく目立ってたから」

顔を上げた美子がにっこりと笑いながら、わたしが予想した通りの言葉を口にした。

「そう？　わたし、そんなに目立ってた？」

「目立ってたよ。わたしのクラスの子たちもみんな、美子のお姉ちゃん、芸能人みたいだって言ってたんだよ」

「本当かしら？」

少し照れて、わたしは笑った。けれど、美子が言うのは本当だと思った。わたしは昔から、本当に目立つ子供だったのだ。


美子と話をしていたら、急に昔のことを思い出した。

あれは今から30年ほど前、わたしが小学校の4年か5年の時のことだと記憶している。だから、美子はまだ2年生か3年生だったのだろう。

ある秋の日、親戚の法事があって、両親は朝から出かけていた。ふたりは暗くなるまでには戻ると、わたしたちに言った。けれど、夕方近くなって母から電話が来て、今夜は遅くなるから、ふたりで何か簡単なものを作って食べていなさいと言われた。

それでわたしたちは、お好み焼きを作って食べることにした。ソースとマヨネーズと青海苔と鰹節《かつおぶし》をたっぷりと掛けたお好み焼きが、当時のわたしたちの大好物だった。

あの時、キャベツを切っていた美子が包丁で左の人差し指を切った。傷口から大量の血が噴き出し、わたしはパニックに陥《おちい》った。

わたしはすぐに美子の左の人差し指をタオルで押さえた。その真っ白なタオルが、瞬く間に真っ赤に染まっていった。

「エミちゃん、怖い……わたし、死んじゃうの？」

美子が泣き出し、わたしも泣いた。そして、自分でキャベツを切らなかったことを激しく悔やんだ。

猛烈に取り乱しながらも、わたしは１１９番に電話をした。

「すぐ来てください。妹が包丁で手を切ったんです。すごく血が出て大変なんです」

電話に出た男の人に向かって、わたしはほとんど叫ぶように言った。

男の人は傷の深さや、出血の量などを尋ねたような気がする。けれど、パニックに陥っていたわたしは、その質問にまともに答えることができず、ぼろぼろと涙を流しながら、「早く来てください。お願いだから、早く来てください」と繰り返していた。

救急車が来るのを待っているあいだ、わたしはずっと、美子が出血多量で死んでしまうのではないかと怯えていた。もし、美子が死んだら、それはわたしのせいだと思った。

5分か10分で救急車がやって来た。けれど、その5分か10分は、わたしにはとても長い時間に感じられた。

幸いなことに、美子の傷はたいしたことはなかった。わんわんと泣いているわたしたち姉妹を見て、隊員たちが笑うほどだった。

わたしの足の爪にエナメルを塗っている美子を見ながら、わたしはそんなことを思い出していた。


タクシーで駅に向かうという母と美子を、わたしはエントランスホールの外で、ボランティアの本間さんという男の人が押してくれている車椅子の上から見送った。今夜、母は新宿にある美子のマンションに泊まるということだった。

空調の利いた室内にいると気がつかなかったけれど、外はかなりの蒸し暑さだった。わたしは白い木綿のナイトドレスの上に、薄手のカーディガンを羽織っていただけだったけれど、生温い風に吹かれていると、全身の皮膚がじっとりと汗ばんだ。

別れを惜しむかのようにわたしたちが話をしていると、電話で呼んだタクシーがやって来た。

「それじゃあ、エミちゃん、またね」

わたしの顔を見つめて、美子がにっこりと笑った。

「うん。またね」

母と美子を交互に見つめて、わたしも笑った。母は3日後の火曜日の午後、美子は水曜日の夕方にまた来てくれることになっていた。

車の後部座席に乗り込むふたりを、わたしはまじまじと見つめた。ふたりもまた、網膜に刻み付けようとでもするかのように、わたしをじっと見つめていた。

きっと、わたしたち3人は、同じことを思っていたのだろう。

4

「外に出たついでに、少し散歩してみませんか？　きっと気持ちがいいですよ」

母と美子を乗せたタクシーが見えなくなったあとで、車椅子を押してくれている本間さんが言った。

「あの……本間さん、時間は大丈夫なんですか？」

背後を振り向いてわたしは訊いた。

本間さんは湘南地区で理容室を経営していて、このホスピスでは散髪のボランティアをしていた。彼は送迎バスの運転手も兼ねていて、いつもとても忙しそうだった。

「ええ。次の送迎バスまで1時間もあるから、わたしのほうは大丈夫ですよ」

本間さんが穏やかに微笑んだ。正確な年は知らなかったけれど、本間さんは70歳前後に見えた。

「それじゃあ、少しだけ散歩させていただこうかしら」

わたしが言い、本間さんが嬉しそうに頷いた。


本間さんはわたしの乗った車椅子を押し、木陰を選びながら、ホスピスの周りをゆっくりと歩いてくれた。

「大和田さん、疲れたらそう言ってくださいね」

本間さんが背後からわたしに声をかけた。

「はい。そうします」

振り向いて、わたしは笑顔で答えた。

ホスピスのすぐ脇には緑の芝に覆われた広大なゴルフ場があって、プレイをしている人たちの姿が見えた。けれど、ほかには何もなくて、森や林がどこまでも続いていた。

ここに転院して来たばかりの頃に、ボランティアの清水さんとふたりでゆっくりと散歩をしたことはあったけれど、車椅子に乗っての散歩は初めてだった。たった半月ほどしか経っていないというのに、あの時に比べると、木々の緑は驚くほど濃くなっていた。

鳥たちの声がいたるところから、やかましいほどに聞こえた。時折、車やオートバイのエンジン音も微かにした。けれど、人の話し声はまったく聞こえなかった。

これが見納めとでもいうように……わたしはじっと辺りを見つめた。

きょうは本当によく晴れていて、空には雲がほとんどなかった。湿度が高いせいで少し白っぽい空を、長い飛行機雲を作りながら旅客機が飛んでいるのが小さく見えた。

道端では雑草がたくさんの花を咲かせていて、その周りを蜂や蝶々が飛びまわっていた。一度、わたしの車椅子の前をバッタが横切っていった。こんなにたくさんの虫たちがいるのなら、ヒヨドリは雛の餌を取るのに苦労しないで済みそうだった。

少し湿った生温かい風が、栗色のかつらや、ナイトドレスの裾を優しくなびかせていった。その風に乗って、どこかから、焚き火をしているみたいなにおいが漂って来た。

「すごく気持ちがいいです。本間さん、ありがとうございます」

そっと目を閉じてわたしは言った。気持ちがよくて、眠たくなりそうだった。

「どういたしまして。大和田さんに喜んでもらえて光栄です」

背後から本間さんの声がした。

「でも、本当にご迷惑じゃなかったかしら？」

わたしは昔から男の人と話すことに慣れていた。だから、男の人が相手だと会話に困るということがなかった。

「迷惑だなんて、そんなことはありませんよ。実はね……こうしていると、何だか死んだ娘と一緒にいるみたいな気がして嬉しいんですよ」

「娘さん、亡くなられたんですか？」

閉じていた目を開き、わたしは背後を振り向いた。そんなわたしを見つめて、本間さんがそっと微笑んだ。

「ええ。3年前のちょうど今頃、このホスピスで亡くなりました。死ぬ何日か前に、娘が乗った車椅子をこんなふうに押して、ここを歩いたことがあったんですよ。あれもきょうみたいに、とても蒸し暑い日でした」

「そうだったんですか」

「ええ。娘はたった5日しかここにいられなかったんですが、その時、ホスピスのボランティアの人たちに本当に良くしてもらったんで、それで今は自分がボランティアをして、せめてもの恩返しをしているわけです」

本間さんの言葉に、わたしは無言で頷いた。そして、亡くなった父に車椅子を押してもらっているような気分になった。


わたしの父は浜松の県立工業高校の機械科を卒業するとすぐに、オートバイ工場の工員になった。そして、オートバイ工場の工員として61年の人生を終えた。

父は一生懸命に働いていたけれど、決して収入はよくなかったはずだ。それでも、美子とわたしというふたりの娘を東京の大学に進学させ、その生活費やアパート代をせっせと仕送りしてくれた。わたしたちの成人式には、それぞれにとても高価そうな晴れ着も買ってくれた。

大学4年の暮れに帰省した時に、わたしは初めて両親のつましい暮らしぶりに気づいた。光熱費を節約するために、ふたりはコタツ以外の暖房器具を使っていなかった。同じ理由から、冬場の入浴は2日に一度にしていた。

そういえば、わたしが年に一度、暮れに帰省するたびに、父はいつも同じセーターをまとい、同じズボンを穿き、同じジャンパーを羽織っていた。母もそうだった。

父はオンボロのオートバイを持っていたが、家に車はなかった。雨の日でも雪の日でも、台風の時にも、父はビニールのカッパを着てオートバイにまたがって通勤していた。父はお酒がとても好きだったけれど、飲んでいたのはいつもとても安い焼酎だった。いつだったか、値上げがあった時に、煙草は止《や》めたと聞いていた。

わたしが幼かった頃から、母はずっと近所のスーパーマーケットでパートタイムの従業員として働いていた。それは本当に我が家の近くだったから、友人たちはみんな、わたしの母がそのスーパーマーケットで働いていることを知っていた。小学生だった頃のわたしは、それを恥ずかしく思ったものだった。大学生になってからのわたしは、友人や恋人としばしば旅行に出かけていた。けれど、わたしは両親が旅行をしたという話を聞いたことがなかった。彼らが外食をしたという話も、耳にしたことがなかった。

そう。わたしの両親は娘たちのために、自分たちの生活を犠牲にしていたのだ。自分たちの楽しみを我慢し、すべてをわたしたちに捧げてくれていたのだ。

今、そのことを思うと、わたしは両親にとても申し訳ないような気持ちになる。

5

午後5時少し前に、ボランティアの千田さんが病室にわたしを呼びに来てくれた。間もなくロビーで音楽会が始まるのだ。

毎週、土曜日の夕方に行われるというクラシック音楽の演奏会を、わたしはとても楽しみにしていた。

ホスピスに来てくれる音楽家たちはみんな、報酬をもらわないボランティアだということだった。先週の土曜日は4人の音楽家が室内楽を演奏してくれた。今週はピアニストの女の人と、声楽家の男の人が来てくれるようだった。

先週の土曜日もそうしたように、わたしは歩いてロビーに行こうとした。けれど、やはりひどく脚がふらつき、立っていることさえままならなかった。しかたなく車椅子に乗り、ロビーまで千田さんに押して行ってもらうことにした。

来週も再来週も、ロビーでの音楽会は行われるはずだった。その次の週も、そのまた次の週も行われるはずだった。けれど、たぶん……その時、わたしはもう、この世にはいないのだ。

どうして、このわたしが……どうして、わたしだけが……。

思ってみてもどうしようもないそんなことを、わたしはまた思った。

千田さんの押す車椅子で廊下を進んで行くと、前方からやはり車椅子に乗せられたとても若い女の人がやって来た。

わたしと同じように、その女性患者は骨と皮ばかりに痩せていて、顔が土気色をしていた。年は20歳くらい……もしかしたら、まだ10代かもしれなかった。彼女はピンクのパジャマの上に、白いカーディガンを羽織っていた。

車椅子を押しているのは、きっとその女性患者の母親なのだろう。その女の人はわたしより少しだけ年上、40代の半ばのように見えた。

若い女性患者は可愛らしい顔をしていたが、とても疲れ切った様子で、顔にはまったく表情がなかった。擦れ違った瞬間にも、わたしのほうに視線を向けることはなかった。母親のほうは、ひどく思い詰めたような顔付きをしていた。

「今、擦れ違った子も末期癌なの？」

しばらくしてから、わたしは背後の千田さんに小声で訊いた。

「ええ。一昨日、入院したんですよ。確か……子宮癌だって聞きました」

声をひそめるようにして千田さんが言った。

「あの子、すごく若く見えたけど……」

「まだ19歳の大学生だそうですよ」

背後から千田さんの声が答えた。


ロビーにはすでに、患者やその家族、それに数人のボランティアが集まっていた。患者の何人かは、わたしと同じように車椅子に乗っていた。

患者の大半が老人だったけれど、車椅子に乗ったひとりは、まだ30代半ばに見える男の人だった。パジャマ姿の彼のそばには、妻らしい30代半ばの女の人と、娘だと思われるふたりの幼い女の子がいた。女の子のひとりは5歳ぐらい、もうひとりは2歳か3歳ぐらいに見えた。

その男の人は、わたしに負けないほどに痩せ細っていて、顔色もひどく悪かった。それでも、彼は身振り手振りを交えながら、笑顔で娘たちに話しかけていた。父親が何かを言うたびに、幼い娘たちはとても嬉しそうに笑っていた。

こんなに幼い娘たちを残して死ぬなんて、すごく無念だろうな。さっき廊下で擦れ違った19歳の女の子だって、まだまだやりたいことがたくさんあっただろうな。

わたしは思った。

そう。わたしだけが不幸なわけではないのだ。

その男性患者や、さっきの19歳の少女には申し訳ないけれど、彼らの存在に、わたしは少しだけ慰められたような気がした。

6

演奏に来てくれたのは、50歳ぐらいのピアニストの女性と、やはり50歳ぐらいの男性の声楽家だった。

ロビーに入って来たふたりは、わたしたちに向かって深々と頭を下げた。彼らふたりがここに演奏に来るのは、1カ月ぶりだということだった。だから、ここにいるほとんどの患者が、彼らの演奏を耳にするのは初めてになるはずだった。

すぐにピアノの演奏が始まった。まずはショパンのノクターン第2番だった。

車椅子の背もたれに寄りかかり、わたしはそっと目を閉じた。そして、ロビーに流れる美しいピアノの調べに聴き入った。

先週もそうだったのだけれど、ここでこうしてクラシック音楽を聴いていると、わたしはひとりの客を思い出した。その客の部屋に呼ばれるたびに、クラシック音楽が流れていたからだ。

わたしがその客に頻繁に呼ばれていたのは、3年ほど前から2年半ほど前の約半年間のことだった。

その男の人は木内さんといった。年はわたしよりちょうど10歳下のようだった。

木内さんは色白で、痩せていて、ひょろりと背が高かった。メタルフレームの眼鏡をかけていて、少しシャイな雰囲気で、飛び抜けてハンサムではなかったけれど、下品なところがまったくなく、育ちがいいお坊っちゃんという雰囲気だった。

客の多くはわたしを、シティホテルやラブホテルに呼び出した。けれど、木内さんはいつも横浜港を見下ろす超高層マンションに呼んでくれた。そんな若さにもかかわらず、木内さんはそのマンションの高層階の広々とした部屋にひとりで暮らしていた。木内さんが住んでいた部屋の間取りは4LDKだった。週に一度、業者が清掃に来ているということで、どの部屋もきちんと片付いていた。けれど、彼が『仕事部屋』と呼んでいた20畳ほどの洋室だけは、いろいろなものが散乱してひどく散らかっていた。

その散らかった部屋の窓辺にはとても大きな机が据え付けられていて、その上には5台か6台のデスクトップ型のパソコンが並べられていた。

彼はそのパソコンを操作して、株式を売ったり、それを買ったり、持ってもいない株を売ったりしていた。それが木内さんの仕事だった。そんなふうに自宅に引きこもり、パソコンのキーボードに触れているだけで、彼はサラリーマンの何倍ものお金を稼いでいるらしかった。

わたしには株のことは何もわからなかった。けれど、ただそれだけのことで木内さんが巨富を得ているということが、何だかずるいことのように思われた。わたし自身は命を削るようにして、必死でお金を稼いでいた。

3年前の春の終わりから秋の終わりまでの約半年のあいだ、木内さんは月に二度、時には三度ほど、わたしをその部屋に呼んでくれた。だからきっと、わたしが木内さんの部屋に通ったのは、15回前後だったと思う。わたしがあの部屋にいる時には、いつも静かにクラシック音楽が流れていた。

マンションの30階だったか、31階にあったその部屋からの眺めは本当に素晴らしかった。特に夜景は地上の銀河を眺めているようで、息を飲むほどに美しかった。

光に彩られた横浜インターコンチネンタルホテルや、ランドマークタワーやパンパシフィックホテル……横浜ベイブリッジと工場群とクレーン……大桟橋と、そこに接岸している豪華客船……赤レンガ倉庫と山下公園と、氷川丸とマリンタワー……入り組んだ港を行き交う漁船や遊覧船や貨物船……コスモワールドという遊園地と、七色の光を放ちながら回転する巨大な観覧車……空気の澄んだ日には対岸の千葉県の家々の光までが見えた。

木内さんはインターネットの通販を利用して、女物の下着やインナーウェアをたくさん購入していた。ひとり暮らしだというのに、寝室のクロゼットはそんな女物の下着やインナーウェアでいっぱいだった。

わたしもいつもセクシーな下着を身につけていたのだけれど、木内さんが購入していた下着やインナーウェアはどれも、このわたしでさえ恥ずかしくなるほど扇情的なものだった。それらは機能性というものを完全に無視して、ただ、男の人の性的な欲望を煽《あお》り立てるためだけにデザインされたものだった。

木内さんはやはりインターネットの通販で、女物のパンプスやサンダルやアクセサリー類をたくさん購入していた。

わたしが部屋を訪れるとすぐに、木内さんはわたしにそれらの下着をまとわせ、恐ろしく踵の高いパンプスやサンダルを履かせ、わたしの全身をたくさんのアクセサリーで飾り立てた。そして、高価そうなカメラを構えて、わたしの姿を何枚も撮影した。

そんな撮影はたいてい、巨大なベッドが置かれた寝室で行われた。広々とした寝室の壁の1枚は鏡張りになっていて、そこに下着姿のわたしが映った。さまざまな素材でできた、さまざまな色や形の下着をまとったわたしは、裸でいるよりさらに淫らに見えた。

わたしは木内さんの求めに応じて、いくつものポーズを取った。たいていは恥ずかしくなってしまうほどに淫らなポーズだった。

そんなわたしの姿を、彼はいつも夢中になって撮影したものだった。

カシャン……カシャン……カシャン……カシャン……。

シャッターが音を立てるたびに、わたしは気持ちの高ぶりを感じた。それはまるで、そのシャッター音に愛撫されているかのようだった。


「木内さん、若い女の子たちの写真も撮ることがあるの？」

いつだったか、撮影を続けている木内さんに、わたしはそう尋ねてみたことがあった。当然、そうしているのだろうと思っていたのだ。

あの時、わたしは、ほぼ完全に透き通った白いショーツを穿き、同じ色と素材の小さなブラジャーを着けていた。足元は真っ白なエナメルのハイヒールパンプスだったと記憶している。シャッター音による愛撫がすでに15分ほど続けられた頃で、わたしはすでに性的な高ぶりを感じ、女性器を体液で潤ませていた。

「いいえ。していません。笑子さんだけです」

あの時、立て続けにシャッターを押しながら、木内さんはそう答えた。わたしは彼にも本名を教えていた。

「どうして、わたしがいいの？」

ベッドに四つん這いになり、脚を左右に大きく開いて、わたしはさらに訊いた。きっと彼がわたしの容姿の美しさや、スタイルの良さを口にするだろうと思っていた。30代後半になっていたあの頃でさえ、わたしは自分の容姿に少なからぬ自信を持っていた。

けれど、背後に立つ木内さんの口から出たのは意外な言葉だった。

「あの……こんなことを言うと、おかしな男だと思われそうだし……あの……笑子さんは気を悪くするかもしれないんですが……」

カメラを下ろした木内さんが、ためらいがちに言った。白い頬が、わずかに上気していた。「実は……あの……笑子さんは僕の母に似てるんですよ」

「木内さんのお母さんに？」

四つん這いの姿勢のまま、背後の木内さんのほうに顔を向けて、わたしは訊いた。

「ええ。あの……実際に似てるかどうかは別にして……あの……雰囲気がよく似ているような気がするんです」

なおも、ためらいがちに、木内さんが言葉を続けた。「あの……僕の両親は、僕が中学生だった頃に離婚して……あの……母に好きな人ができたらしくて、それで母は家族を捨てて家を出て行ったんです」

家族を捨てて家を出て行った——その言葉に、わたしはドキンとした。自分のことを言われているような気がしたのだ。

「じゃあ、木内さんはいつも、自分のお母さんを撮影しているっていうわけなの？」

四つん這いをやめてベッドにしゃがみ、わたしはぎこちなく笑った。

「ええ。まあ……あの……そういうことになるかもしれませんね」

恥ずかしそうに木内さんが言った。「あの……笑子さん……今度はそのブラジャーを外してみてくれますか？」

言われた通り、わたしは透き通ったブラジャーをゆっくりと胸から取り除いた。

「これでいいかしら？」

「ええ。けっこうです」

木内さんが言った。そして、再びカメラを構え、剝き出しになったわたしの乳房を立て続けに撮影した。


撮影はたいてい1時間ほどで終わった。そのあとではいつも、木内さんはその巨大なベッドでわたしを抱いた。

わたしの中に男性器を突き入れながら、木内さんはいつも、わたしを自分の母親に重ね合わせていたらしい。つまり木内さんは、自分の母親とセックスをしていたのだ。

そういう意味では、彼は変態だったのだろう。

けれど、ベッドでの彼の行為はアブノーマルなものではなく、ごく普通のものだった。オーラルセックスをしているわたしの顔を、木内さんが何度か至近距離から撮影したことはあったけれど、ふたりの性交の様子をカメラに納めたことは一度もなかった。

木内さんはたっぷりと報酬をくれたから、たとえ彼がわたしをどう思っていようと、彼に呼ばれると嬉しかった。

けれど、ある時を境に、木内さんからぱったりと呼ばれなくなった。

彼がわたしを呼ばなくなった理由はわからない。誰か好きな女ができたのかもしれないし、わたしに飽きたのかもしれない。あるいは、株の仕事がうまくいかなくなり、もう売春婦を呼ぶ金銭的な余裕がなくなったのかもしれない。

木内さんはまだ、横浜港を見下ろすあの超高層マンションの部屋に暮らしているのだろうか？　今もわたしの写真を持っているのだろうか？　それらを取り出して眺めながら、自分の母親を思うこともあるのだろうか？

ホスピスに転院して数日が過ぎた頃、わたしはサイドテーブルにあった携帯電話を手に取ったことがあった。そこには今も、木内さんの携帯電話の番号が登録されたままになっていた。

わたしが死にかけていると連絡したら、木内さんは会いに来てくれるのだろうか？

わたしは思った。けれど……本気で電話をするつもりではなかった。

ロビーでの音楽会が終わり、わたしはまた千田さんに車椅子を押してもらって自分の病室に戻った。

7

部屋の明かりは灯さずに、わたしはベッドにもたれ、すっかり暗くなった窓の外を眺めた。間もなくヒヨドリが戻って来るだろうと思っていたのだ。

けれど、ヒヨドリが戻って来る前に、誰かがドアをノックした。

「はい。どなた?」

マホガニーのドアに視線を向けてわたしは尋ねた。

「俺だよ」

そう言いながらドアを開けたのは、かつてのわたしの夫だった。

わたしは驚いた。電話では何度か話をしていたが、彼と会うのは10年ぶりだった。

「久しぶりだな、笑子。元気かい?」

脂ぎった顔に薄ら笑いを浮かべて男が言った。

彼はわたしより10歳年上だった。誕生日は4月だと記憶しているから、ちょうど50歳になったはずだった。最後に見た10年前に比べると、男は随分と太って老け込んでいた。元から薄かった髪は、ほぼ完全になくなっていた。

「元気なはずがないでしょう？　ここに何をしに来たの？」

わずかに苛立ちながら、わたしは訊いた。そこに立っているのは、わたしの人生を目茶苦茶にした張本人だった。

「うん。かつて愛した女の顔を、最後にもう一度、見てみたいと思ってさ」

ドアを閉め、勝手に入って来た男がわたしを見下ろして言った。「随分とやつれちまったけど……お前、相変わらず綺麗で、あだっぽいな」

男の言葉は気に障った。けれど、『綺麗』と言われたことは嬉しかった。

「そう？　わたし、今も綺麗？」

「ああ。綺麗だ。すごく綺麗だ」

わたしの顔をまじまじと見つめて男が言い、わたしは思わず微笑んだ。

憎くてしかたなかったはずなのに、そうやって話をしていると、なぜか、その男に懐かしさのようなものを感じた。だが、同時に、自分はなぜ、こんな男と結婚してしまったのだろうとも思った。


男が部屋の片隅のソファに座るとすぐに、わたしは友里のことを切り出した。

「ねえ。ここに来てくれるよう、友里に言ってくれたの？」

「ああ。言ったよ。お前と電話した日のうちに、ちゃんと伝えたよ」

ヘラヘラと笑いながら、男が答えた。

「それで、友里は何て言ったの？」

「会いたくないってさ。お前には会いたくないって、友里ははっきりと言ったよ」

男が言い、またヘラヘラと笑った。

「そんなこと……そんなこと、嘘よ……友里がそんなこと言うはずがないわ。あなた、友里に何も言ってくれていないんでしょ？」

涙が込み上げて来るのを感じながら、呻くようにわたしは言った。

「どうして俺がお前に嘘を言う必要があるんだよ？　俺はちゃんと言ったよ。笑子がホスピスで死にかけてるから、最後に会って来いって……ちゃんと言ったんだ。そうしたら、あの人には二度と会いたくないって、友里ははっきりと言ったんだよ」

「お願い……友里をここに連れて来て。わたし……友里に会いたいの。最後に一目でいいから会いたいの。だから、お願い……友里をここに連れて来て……」

涙で霞《かす》む目で夫だった男を見つめ、唇をわななかせて、わたしは言った。

「連れて来いって言われてもなあ……16歳にもなった娘を、無理やり引きずって来るわけにもいかないしなあ」

苦笑いをしながら、男が言った。

「あなたから、もう一度だけ……もう一度だけ、強く頼んで……お願い……今、会わなければ、もう絶対に会えないんだって……もう一度だけ、そう友里に言ってみて……」

縋《すが》るようにわたしは言った。目から溢れた涙が、頰を伝うのが感じられた。

「あんまりしつこく言うと、友里が嫌がるんだよ」

「それでも、お願いよ。もう一度だけ……友里に言って……わたしがもうすぐ死ぬって……友里にそう言って……」

ぽろぽろと涙を流して、わたしは男に哀願した。

「うーん。どうしようかなあ……」

腕組みをしてしばらくわたしの顔を見つめていたあとで、男がニヤリと笑った。そして、ある条件を切り出した。

わたしは耳を疑った。男が口にしたのは、信じられないようなことだったのだ。

「本気で言ってるの？」

脂ぎった男の顔を見つめ、首を左右に振りながら、わたしは呻くように言った。

「本気さ」

男が笑った。充血した男の目には、好色な色が浮かんでいた。

「わたしは病気なのよ……もう長くは生きていられないのよ……そんなわたしに、本気でそんなことをさせるつもりなの？」

「どうするんだ、笑子？　やるのか？　やらないのか？　もし、やるっていうなら、ここに見舞いに来るよう、友里にもう一度、強く言う。約束する」

相変わらず、嫌らしく笑いながら男が言った。

しばらくのあいだ、わたしは男を無言で見つめていた。それから、心を決め、ゆっくりと頷いた。

いつだって、そうなのだ。わたしの人生には、いつだって選択肢というものがほとんど用意されていないのだ。

8

わたしが承諾をするとすぐに、かつての夫はふたつの窓のカーテンをぴったりと閉め、部屋の片隅にあった背の高い笠付きの電気スタンドの明かりを灯した。そして、ズボンと下着を足首まで引き下ろし、下半身を剝き出しにしてソファにもたれた。

男の股間では黒光りする男性器が、硬直してそそり立っていた。

「さあ、笑子、始めろ」

男が命じ、わたしはベッドを下り、脚をふらつかせながらドアに歩み寄った。そして、ドアを開け、『家族と過ごしていますので、ノックしないでください』と書かれた札をドアの外側にぶら下げた。

「ねえ……どうしても、やらなきゃダメ？　わたし、本当に具合が悪いの……こうしていても頭痛や目眩がするし、少し動くだけで息苦しくなるの」

ソファにいる男を見つめて、わたしは言った。それは嘘ではなかった。

「やると言ったんだから、ぐずぐずしていないで、さっさとやれ」

欲望に潤んだ目でわたしを見つめ返し、苛立ったように男が言った。

「でも、わたし……」

「早く始めろ」

横柄な口調で男が命じ、わたしは強い怒りと屈辱を覚えながら男を睨みつけた。けれど、わたしにできたのは、それだけだった。

わたしは男のソファにゆっくりと歩み寄った。そして、結婚したばかりの頃にはしばしばそうしていたように、大きく広げられた男の脚のあいだにゆっくりとうずくまった。

目の前にある男性器は、その先端から透明な液体を分泌していた。

「お願いだから、乱暴にはしないでね。わたし……口のあちこちに口内炎ができてて、すごく辛いの」

男を見上げてわたしは言った。

「つべこべ言わず、さっさと始めろ」

男がまた、とても横柄な口調でわたしに命じた。

強烈な怒りと屈辱を感じながらも、わたしは静かに顔を伏せた。そして、もう何も考えず、男の股間でそそり立った性器にゆっくりと唇を近づけた。

大丈夫よ、笑子。嫌なことなんて、すぐに終わるんだから……だから、大丈夫。

わたしは自分にそう言い聞かせた。そして、しっかりと目を閉じ、夫だった男のそれを十数年ぶりに口に含んだ。膨れ上がった男性器が、わたしの口をいっぱいに満たした。

「よし、笑子、いい子だ」

男が満足げに言い、かつらの上からわたしの頭をそっと撫でた。

かつては毎日のように客を相手にしていたように、わたしは鼻孔を大きく広げ、唇をすぼめて、顔をリズミカルに上下に打ち振り始めた。

セミロングのかつらがなびき、耳元で大きなピアスが激しく揺れた。硬直した男性器が、濡れた唇と擦れ合う音がした。自分の鼻から漏れる呼吸音も聞こえた。

オーラルセックスなんて慣れているはずだった。客たちの中にはとても長いあいだ、時には1時間近くもそれを強要した男もいたけれど、わたしはそれにも応じていた。

けれど、今夜は早くも限界のようだった。

それを始めてすぐに、わたしはその行為が想像していたより遥かに強いダメージを自分に与えるということに気づいた。かつてはそんなことはなかったというのに、今は硬直した男性器が喉を突き上げるたびに、強烈な吐き気が込み上げて来た。

わたしの体は、自分で考えている以上に弱っていたのだ。今のわたしには、こんなことをするほどの体力は残っていなかったのだ。

それでも、わたしは必死で首を振り続けた。強烈な苦しみに悶えながらも、テクニックのすべてを駆使して、その男を絶頂に導こうとした。

それはその男のためにではなく、わたし自身のためにだった。

そう。その男が一刻も早く体液を放出するように、そして、自分が一刻も早くこの苦行から解放されるように、わたしは必死になっていたのだ。

「うまいなあ、笑子」

首を振り続けているわたしの頭上から、男の声が聞こえた。「お前は家事も料理も子育ても、何もかもがダメだったけど、こういうことだけは本当にうまいんだな。まるで、こういうことをするために生まれて来たみたいだ」

その言葉を聞いたわたしの中に、また強い屈辱が込み上げた。けれど、わたしは必死で頭を空っぽにしようとした。

そんなわたしに追い打ちをかけるかのように、夫だった男が言葉を続けた。

「やっぱり、お前には娼婦がお似合いだったんだな。ほんの少し前まで、こういうことを商売にしていたんだろ？　知ってるぞ」

その言葉はわたしを驚かせた。

「そんなこと、どこで聞いたの？」

口の中の男性器を吐き出して、わたしは顔を上げた。そして、涙に霞む目で夫だった男の顔を見上げた。

「ちゃんと調べはついてるさ。少し前まで、お前は体を売って生活費を稼いでたんだ。出張売春婦さ。図星だろ？」

「友里は……知ってるの？」

「いや、まだ友里には言ってないよ」

「言わないで……お願い……友里には言わないで……」

興奮のために上気した男の顔を見上げ、わたしは必死に哀願した。そのことを友里に知られるぐらいなら、死んでしまったほうがマシだった。

「わかってるよ。おいっ、誰がやめていいって言った？　さっさと続けろ」

「本当に言わないでね。約束よ」

「いいから続けろ」

男が命じ、わたしはまた強い屈辱を覚えながらも、唾液にまみれた男性器を口に深く含んだ。

かつてはしばしばそうしていたように、男がわたしの髪を鷲摑みにしようとした。その瞬間、わたしが被っていた栗色のかつらが脱げた。

「何だ、これは？　かつらじゃないか」

男が言い、わたしはまた男性器を吐き出して男を見上げた。

男は手にした栗色のかつらを、少し不思議そうに眺めていた。

わたしは何か言おうとした。けれど、言葉は出なかった。胸が猛烈に高鳴り、心臓が喉から飛び出してしまいそうだった。

「そうか……髪の毛もなくなっちまったのか」

手の中のかつらとわたしを交互に見つめ、男が楽しげに笑った。「まあ、今は髪なんて関係ないからな。さあ、さっさと続けろ」

「ねえ……もう許して……もうダメ……お願いだから、もう勘弁して……」

口の端からたらたらと唾液を滴らせながら、わたしは男に哀願した。けれど、男がどう反応するかはわかっていた。

「おいっ、続けろ」

思った通り、真上から男が冷たく命じた。

そうなのだ。その男には慈悲の心など、どこにもないのだ。その男は、わたしのことなど、何ひとつ考えていないのだ。

畜生っ……畜生っ……畜生っ……。

心の中で呟くと、わたしはまた男性器を口に含んだ。泣いているために鼻が詰まり、呼吸がさらに苦しくなった。

ほとんど毛髪のないわたしの頭部を、男は両手でがっちりと摑み、荒々しく上下に振り動かした。硬直した男性器の先端が、これでもかという激しさで喉を突き上げた。

「うっ……むっ……うむっ……うぶうっ……」

あまりの苦しみに、わたしは身をよじって呻いた。

そんなわたしの頭部を、男はさらに強く、さらに激しく打ち振った。

9

それを始めたばかりの頃には、窓の外にはまだ薄明かりが漂っていた。けれど、今はもう真っ暗になっているはずだった。ヒヨドリの親も、雛に覆い被さるようにして眠りに就いているに違いなかった。

男は両手でわたしの頭を強く摑み、わたしの顔を執拗に上下に打ち振り、硬直した男性器で喉を荒々しく突き上げ続けた。それは信じられないほどに執拗だった。

あまりの苦しさに、わたしは何度も噎《む》せて咳き込み、唾液にまみれた男性器を何度も吐き出した。そして、そのたびに、「もう許して」「もう堪忍して」と哀願した。

けれど、その冷酷な男が、瀕死の元妻の願いを聞き入れるはずはなかった。

咳がやむのを待ちかねて、男はまた硬直した性器をわたしの口に深く押し込んだ。そして、わたしの頭を両手で摑んで、それを荒々しく上下に打ち振った。そんなことを、果てしなく繰り返した。

一度、男性器を吐き出したわたしがぐずぐずとしていたら、男はいきなりわたしの左頬を力まかせに張り飛ばした。顔が真横を向くほどの衝撃に、わたしは気を失いかけたが、男はわたしを解放してはくれなかった。

それはまさに拷問だった。

強烈な頭痛と目眩がした。強い吐き気と息苦しさは耐え難いほどだった。それに加えて、首から左肩にかけての部分が、ズキズキと強く痛みを発し始めていた。

もうダメだ……このままだと殺されてしまう……。

わたしがそう思った頃、男が低く呻いた。そして、男性器を痙攣させながら、わたしの口の中に多量の体液を注ぎ入れた。

「飲み込め」

わたしの口から性器を引き抜くと、男が低く命じた。

粘り気の強い体液を口に含んだまま、わたしは首を左右に振った。今すぐに、口の中の忌まわしい液体を吐き出してしまいたかった。

「言うことを聞けないなら、友里とは二度と会えないぞ。それでもいいのか？」

勝ち誇ったように男が言った。

今度もわたしに、選択肢はなかった。

怒りと屈辱に身を震わせながら、わたしは口の中の液体を喉を鳴らして飲み下した。ネバネバとした液体が喉に絡み付きながら、ゆっくりと食道を下りていくのがわかった。

強く張られた左頬がズキズキと痛み、左の耳がキーンと甲高く鳴っていた。

カーテンを開けると、窓の外はやはり真っ暗になっていた。

「ねえ、本当に友里に来るように言ってね。本当に言ってね」

部屋を出て行こうとしていた男に、わたしはなおも言った。

長く強制的なオーラルセックスのせいで、精も根も尽き果てていて、声を出すどころか、目を開いているのも億劫だった。

けれど、それだけは、どうしても言わずにはいられなかった。

「わかってるよ」

面倒くさそうに男が言った。

「早くしてね。わたしにはもう、時間がないの」

「時間がないって……きょう、明日に死ぬわけじゃないんだろ？」

男の言葉はわたしをゾッとさせた。

「わからないけど……そうなったとしても、おかしくないの……だから、お願い……友里をここに来させてね……お願いね……お願い……」

言っているうちに、わたしの目からまた涙が溢れ出た。

「わかってるから、泣くな。じゃあな」

苦笑いして男が言った。早くここから出て行きたそうだった。

「ねえ、友里の携帯電話の番号を教えて。わたしが自分で友里に電話して、会いに来るように言うわ」

「それはダメだ。教えられないよ」

男が冷たく言った。それから、「達者でな」と言うとドアを開け、逃げるかのように部屋を出て行ってしまった。

10

夫だった男が出て行ったあとで、わたしは携帯電話を手に取った。その男の家に電話をすれば、もしかしたら友里が出るかもしれないと考えたのだ。

随分とためらっていたあとで、わたしは電話をかけた。

『はい……』

何度かの呼び出し音のあとで電話に出たのは、かつてのわたしの義母だった。

今は75歳になっているその女と一緒に暮らしたことはなかった。けれど、その女がわたしをずっと嫌っていたことは知っていた。

わたしは無言で電話を切った。そして、かつての義母の顔を思い浮かべた。

わたしが夫だった男の家を出る日に、義母は長女とふたりで家にやって来た。

「お前みたいな女は、最初からうちの子には相応《ふさわ》しくなかったんだよ」

声を震わせてそう言うと、義母は怒りと憎しみに満ちた目でわたしを見つめた。わたしの義姉に当たる女も、挑むような目でわたしを睨みつけた。

あの日、わたしはふたりに何かを言い返そうとした。けれど、結局は何も言わなかった。口を利きたくもなかったのだ。

そんなことを思い出しながら、わたしは手にしていた携帯電話をサイドテーブルに戻した。そして、代わりに、手鏡を手に取り、そこに顔を映してみた。

わたしの顔はひどいことになっていた。

泣いたためにお化粧が完全に崩れ、目の周りは真っ黒だった。ファンデーションと粉おしろいがムラなく塗られていたはずの頬には、涙の流れた跡がいくつもできていた。長時間にわたって男性器を咥えさせられていた唇では、ルージュとグロスが滲んでいた。

力まかせに張られた左頬は、赤くなって腫れていた。左の耳ではいまだに、キーンという耳鳴りのような音が続いていた。

「ひどいわ……」

誰にともなく、わたしは呟いた。

その瞬間、ゲップが出た。

そのゲップからあの男の体液のにおいが立ちのぼったような気がして、わたしは思わず身震いをした。

本当は食堂に行って夕食をとるつもりだった。けれど、今夜はもうくたくたで、車椅子に移動することさえ難しかった。

しかたなく、わたしは電話で部屋に夕食を運んでもらうように頼んだ。いよいよ何も食べられなくなった患者たちでさえ喜んで口にするという、食堂の料理長の特製のスープを飲もうと思ったのだ。

スープを持ったボランティアが来る前に、わたしはお化粧を落とした。ぐったりとしていたわたしには、そんな慣れたことさえもが一苦労だった。

嬉しいことに、スープを運んで来てくれたのは、いちばん仲がいい清水さんだった。リクライニングを起こしたベッドで、わたしはそれを少しずつ飲んだ。口内炎にひどく染みたけれど、そのスープはとてもおいしかった。

わたしがスープを飲んでいるあいだ、清水さんはずっとそばにいてくれた。そして、明るい口調で、どうでもいいことをたくさん話していった。わたしの目が赤いことや、頰が腫れていることに気づいているはずなのに、それについては何も言わなかった。

清水さんの話を聞いているあいだは、わたしは自分が間もなく死ぬのだということを忘れていられた。だから、わたしは清水さんと一緒にいるのが好きだった。


夜になって、また痛みが襲いかかって来た。熱も上がり始めた。川原先生が来て鎮痛剤の点滴をしてくれたけれど、痛みは治まらなかったし、熱も下がらなかった。

左腕から左肩、そして、左胸が脈打つように疼いていた。目眩もあったし、強い吐き気もあった。自分のものではないように体がだるくて、頭が割れるように痛かった。

「ああっ……いやっ……苦しいっ……」

ひとりきりの病室で、わたしは苦しみに呻いた。これほど苦しむのは、ホスピスに転院してからは初めてのことだった。

もう楽になりたい。このまま死んでしまいたい。

ベッドの上で悶絶しながら、わたしは何度もそう思った。そして、急に……人生で最悪の夜のことを思い出した。

11

あれは今から3年前、ちょうどこんな季節のことだった。

あの晩、仕事を終えてラブホテルから出て来たわたしに、ひとりの男が声をかけて来た。スーツ姿のその男はわたしより少し上、40代の半ばのようだった。

男はかなり背が高く、ほっそりとした体つきをしていた。真面目で、少し気が弱そうで、ごく普通のサラリーマンか公務員のように見えた。

「あの……もし、よかったら、あの……これから、僕の相手をしてくれませんか？」

怖ず怖ずとした口調で、男がわたしにそう持ちかけた。

きっと男は、ホテルから出て来たわたしを見た瞬間に、出張売春婦だと思ったのだろう。あの晩のわたしはぴったりとした超ミニ丈の黒いワンピースを着込み、金ボタンが並んだ白いジャケットを羽織っていた。仕事の時にはいつもそうしているように、顔には濃くお化粧を施し、全身を派手なアクセサリーで飾り立て、歩くのが容易でないほどに踵の高い華奢なストラップサンダルを履いていた。

川中さんを通さない仕事は受けないことにしていた。危険だからだ。けれど、あの晩のわたしはその男と一緒に、たった今、出て来たばかりのホテルに戻った。男がわたしに10万円もの現金を握らせたからだ。

そのお金は当時のわたしには、とてつもなく魅力的なものに見えた。川中さんの売春斡旋クラブを通さなければ、それはすべて自分のものだった。

真面目で気弱そうな外見とは裏腹に、ホテルの部屋に入るとすぐに、男はわたしをベッドにロープで縛り付けたいと言い出した。

わたしがそれを拒むと、男は財布からさらに5万円の現金を取り出した。そして、「これでいかがですか？」と言って、顔色をうかがうかのようにわたしを見た。

ほんの少し、わたしはためらった。ロープで縛り付けられるなんて、とても怖かった。そんなことをされたことは、それまでに一度もなかった。

「わたしを縛って、どうするつもりなんですか？」

目の前の現金と、男の顔を交互に見つめて、わたしは訊いた。

「あの……あなたを縛ったまま、あの……後ろからセックスをさせてもらおうと思って……あの……そういうことに、僕はすごく興奮するんです」

男が顔を赤らめ、とても恥ずかしそうに笑った。

「本当にそれだけですか?」

わたしはさらに訊いた。けれど、その時にはすでに、男の望み通りにするつもりになっていた。

「ええ。それだけです。おかしなことはしません。あの……約束します」

深刻な顔でわたしを見つめて男が言った。

わたしはその言葉を信じ、男から5万円を受け取った。そして、男に命じられるがまま、着ていたものを脱ぎ始めた。

男はそんなわたしをまじまじと見つめた。

「あの……失礼ですけど……すごく綺麗な体をなさってるんですね。あの……ファッションショーのモデルみたいです」

目を大きく見開き、ためらいがちに男が言った。

その言葉を聞いてわたしは喜んだ。たとえどんな時でも、容姿やスタイルを褒められるのは嬉しかった。

あの晩のわたしは両サイドが紐状になった黒くて小さなレースのショーツを穿き、

黒くて華奢なレースのブラジャーを着けていた。下着はどちらも、ほぼ完全に透き通っていたから、男の目にはブラジャーの下のわたしの乳首や、ショーツの中に縮こまったわずかばかりの性毛がはっきりと見えたはずだった。

「それじゃあ、あの……ロープで縛りますね」

わたしが下着も脱いで全裸になると、男がまた怖ず怖ずとした口調で言った。「あの……恐れ入りますが……そこに俯せになっていただけますか？」

わたしはにっこりと微笑みながら、全裸で部屋の中央の大きなベッドに俯せに身を横たえた。小ぶりな乳房が、わたしの体に押し潰されて歪んだ。

男は持参した黒革製の大きなバッグから、白いロープを取り出した。とても丈夫そうなナイロン製のロープだった。

男はまず、わたしに両腕を大きく広げさせ、骨張った手首をベッドの隅の柱に強く縛り付けた。

「痛いわ。そんなに強く縛らないでください」

わたしが抗議し、男が「すみません」と言った。けれど、手首を縛ったロープを緩めてはくれなかった。

続いて男は、伸ばしたわたしの両脚を左右に大きく広げさせた。そして、アキレス腱《けん》の浮いた左右の足首を、手首と同じようにベッドの柱にきつく縛り付けた。

水面に浮いたアメンボウのような姿勢でベッドに俯せになった全裸のわたしを、男はしばらく無言で見つめていた。

「恥ずかしいわ。そんなにジロジロと見ないでください」

わずかに身をよじって、わたしは言った。

「娼婦の分際で、生意気なことを言うんじゃねえよ」

冷たい目でわたしを見つめ、吐き捨てるかのように男が言った。その豹変ぶりに、わたしはびっくりした。

そう。そこにいたのは、さっきまでの真面目で気の弱そうな男ではなかった。それとは正反対の、意地悪で傲慢で、横柄で自分勝手で、とても恐ろしい男に見えた。

「あの……どうかしたんですか？　わたし、何か気を悪くされるようなことを言いましたか？」

「うるせえ。黙ってろ」

怒鳴るように言うと、男はズボンから黒革製のベルトを引き抜き、それを鞭《むち》のように何度か打ち振った。ベルトが風を切るヒュン、ヒュンという音がした。

「あの……どうするつもりですか？」

強い恐怖が全身に広がっていくのを覚えながら、わたしは声を震わせて訊いた。

「これでお前を打つんだよ」

「そんな……嘘でしょ？」

「本気だよ。これからこのベルトで、気絶するほどお前を打ち据えるんだ」

そう言いながら、男はゆっくりとわたしの足元にまわった。わたしはいっぱいに脚を広げさせられていたから、そこからだと女性器や肛門が丸見えのはずだった。

「やめてくださいっ！　約束が違いますっ！」

亀のように首をもたげ、背後の男を振り向いてわたしは必死で言った。

「汚らわしい娼婦の分際で、つべこべ言うんじゃねえ！」

わたしの背後に立った男が、怒鳴るように言った。そして、ベルトを握った右腕を、頭上に高く掲げた。

「いやっ！　やめてっ！　やめてーっ！」

凄まじい恐怖に駆られて、わたしは叫び声を上げた。けれど、男はわたしの叫びを無視し、力まかせに右腕を振り下ろした。

ベルトが風を切る音がし、直後に、それが皮膚を打ち据える音がした。次の瞬間、目が眩むほどの激痛がわたしの背中で炸裂した。

「ああっ！　いやーっ！」

ベッドに拘束された体を左右によじり、わたしは凄絶《せいぜつ》な叫び声を上げた。手首と足首を縛ったロープが、皮膚に強く食い込んだ。あまりの痛みに思わず尿が漏れ、全身がガクガクと震えた。

「やめてっ……お願いっ……もう、やめてっ……」

悶絶を続けながらも、わたしは背後を振り向き、そこに立つ男に必死で訴えた。

けれど、男がしたのは、再び頭上に右腕を振り上げることだけだった。

すぐに第2弾がわたしの背を、したたかに打ち据えた。それは最初の一撃に勝るとも劣らない苦痛をわたしに与えた。

「ああーっ！　いやーっ！」

シーツに顔を押し付けて、わたしは絶叫した。そして、その男との契約に応じたことを心の底から悔やんだ。けれど、後悔には何の意味もないことを、あの頃のわたしは、すでによく知っていた。

12

その後も男は休むことなく、わたしの背や尻や肩や腰を黒革製のベルトで容赦なく打ち据えた。ベルトを振り下ろすたびに、男は「このアバズレっ！」「薄汚い売春婦っ！」「社会のクズっ！」と、口汚くわたしを罵った。

「ああっ！　痛いっ！……もう、いや。もう、やめて……あっ！……あああっ！」

雑巾のように身をよじって、わたしは叫び続けた。ベルトが体を打ち据えるたびに、わたしの意思とは無関係に尿が漏れた。

ベルトが与えるあまりの激痛に、わたしは何度となく意識を失った。だが、失神した直後に、またベルトが打ち下ろされ、その激痛によってまた意識を取り戻した。

失神しては、痛みに目覚め、また失神しては、また痛みに目覚める……そんなことを、果てしなく繰り返した。

わたしの体の皮膚は噴き出した脂汗にまみれていた。目からは涙が、とめどなく溢れていた。

わたしが何度目かの失神から覚めると、男は全裸になっていた。その股間では硬直した男性器が、暴力的にそそり立っていた。

「やめて……お願い……もうやめて……」

息も絶え絶えに、わたしは男に哀願した。

けれど、男はそれを無視し、傷だらけになっているに違いないわたしの背に裸の体を重ね合わせた。そして、わたしの股間に男性器の先端を宛てがい、それを強引にねじ込んで来た。

「ああっ……いやっ……」

わたしは低く呻いた。けれど、ベルトで打ち据えられる痛みに比べれば、その痛みはないに等しかった。

わたしの背に身を重ねた男は、わたしの髪を抜けるほど強く鷲摑みにした。そして、これでもかという激しさで、わたしの中に男性器を突き入れ続けた。

悔しかった。悔しくて、悔しくて、たまらなかった。

けれど、四肢を拘束されたわたしにできたのは、か細い悲鳴を上げ、涙を流し続けることだけだった。

　わたしの中に体液を注ぎ込むと、男は無言でわたしから下りた。そして、下着をまとい、衣類を着込むと、部屋の片隅に置かれていたわたしのバッグを手に取った。

「何をする気なの？」

　わたしは言った。けれど、その声は自分にも聞き取れないほどに弱々しかった。

　男は返事をしなかった。わたしのバックから財布を取り出し、それをズボンのポケットに突っ込んだだけだった。

　そう。その男は最初からそのつもりだったのだ。わたしをただで鞭打ち、ただでわたしを犯しただけでなく、わたしが前の客から受け取った報酬まで奪うつもりだったのだ。

「やめて……ひどいわ……財布を返して……」

　身を悶えさせながら、わたしは訴えた。

　男はそんなわたしに歩み寄ると、右手でわたしの髪を鷲掴みにして、無理やり顔を上げさせた。

「いいザマだ」

わたしに触れるほど顔を近づけて男が笑った。微かな口臭がした。

次の瞬間、男が唾を吐きかけた。それはわたしの右目にまともに命中した。髪を強く摑まれていたわたしには、顔を背けることもできなかった。

さらに男は、髪を鷲摑みにしたまま、わたしの左右の頰を何度か強く張った。

ピシャッ……ピシャッ……ピシャッ……。

頰を張られるたびに、顔が真横を向き、口から唾液が飛び散った。そのことによって、左右の耳がほとんど聞こえなくなり、口の中に鉄のような血の味が満ちた。

そして、男は無言のまま部屋を出て行った。意識を失いかけていたわたしを、振り向くこともなかった。

男が出て行ったからといって、わたしが地獄から解放されたわけではなかった。全裸でベッドに俯せに縛り付けられたまま過ごしたあの晩は、精神的にも肉体的にも、言葉にできないほど辛いものだった。

数十回にわたってベルトで打ち据えられた背中は、ズキズキと燃えるような痛みを発していた。ロープできつく縛られたために、手足の先には血が通わなくなっていた。寝返りを打つことができないせいで、体の下半分が痺れたようになっていた。それに、何より、悔しくて、悲しくて、惨めで……頭がおかしくなってしまいそうだった。

ああっ、どうしてこんな目に遇わされなければならないのだろう？　よりによって、どうしてわたしが……どうして、わたしだけが……。

たっぷりと尿を吸い込んだベッドを抱くようにして横たわったまま、わたしは一晩中、そんなことを思っていた。


その翌朝、ホテルの従業員の中年女がわたしを発見した。

「いったい、何をしてるんですか？」

女はそう言うと、その顔にあからさまな軽蔑を浮かべてわたしを見つめた。

すぐにロープを解いてくれればいいのに、女はわざわざ人を呼びに行った。そのことによって、ホテルの男性オーナーとほかの何人かの従業員が、無様に縛り付けられた全裸のわたしを見ることになった。

オーナーの男性はひどく迷惑そうな顔をしながらも、警察に行くようわたしに言った。けれど、わたしはそうしなかった。

警察に行って、いったい何を言えばいいというのだろう?

わたしは出張売春婦だった。正義を訴える資格のない人間だった。

わたしがしたのは、泣き寝入りをすることだけだった。

13

また朝が来た。わたしは生き延びたのだ。

先のことはわからないけれど……とにかく、あの夜を生き延びたのだ。

薄暗い病室のベッドに仰向けになったまま、わたしは白い天井を見つめた。

鎮痛剤が効いているのだろう。左肩の周りの痛みは、かなり和らいでいた。熱も下がったようだった。

わたしはゆっくりとベッドを下りると、ひどく脚をふらつかせながらも窓辺に歩み寄り、そこにかかっていたカーテンをいっぱいに開けた。

明るい日差しが、いつものように室内に満ちた。

「あっ」

庭に目をやった瞬間、思わず声が出た。

小町絞りという名の山アジサイが、ついにその花を開いていたのだ。

初めて目にする小町絞りの小さな花は、淡いピンクで、派手ではないけれど、とても清楚で、とても清々しかった。

微笑みの　笑と命名　小紫陽花

わたしは父が作った俳句を思い出した。

最終章

1

朝食には前夜と同じスープを運んでもらった。

強いモルヒネ系の鎮痛剤を使い続けているせいで、今朝はとても体がだるくて、車椅子に乗る気にはなれなかった。その薬の影響で胃腸の動きもひどく悪くなっているようで、食欲もまったくなかった。

いや、具合が悪いのは、たぶん、鎮痛剤のせいではなく……わたしの肉体を蝕み続けている癌細胞のせいなのだろう。

そう。体調の少しいい日と悪い日とを繰り返しながらも、癌細胞に蝕まれ続けたわたしの肉体は確実に弱り、確実に衰えていっているのだ。上り坂や下り坂はあったとしても、この道は間違いなく谷底へと続いているのだ。

自分でも、それがはっきりとわかった。

ボランティアの広川さんが運んで来てくれたスープを、わたしはベッドの中で時間をかけてゆっくりと飲んだ。

小さな陶製のボウルに入っていたスープの量は、そんなに多くはなかったのだけれど、わたしにはそれを飲み干してしまうことができなかった。体力を少しでも維持するために、何とかすべて飲んでしまおうとしたのだが、動くのをやめた胃が、どうしてもスープを受け入れてくれなかったのだ。スープを口に含むたびに、口内のあちらこちらにできた炎症がひどく染みるのも辛かった。

しかたなく、わたしは半分以上もスープの残ったボウルをサイドテーブルに置いた。

本当は顔を洗ってお化粧を始めたかった。頭にかつらも乗せたかったし、アクセサリーや香水も付けたかった。

けれど、今朝はとてもだるくて、なかなかその気になれなかった。

わたしがぼんやりと病室の壁を見つめていた、その時だった。

急に窓の外から、まるで叫んでいるかのようなヒヨドリの甲高い声がした。

ヒヨドリはいつだって、悲鳴を上げているみたいにキーキーとやかましく鳴く。けれど、今朝の鳴き声はいつもと少し違っていた。

わたしは窓の外に視線を向けた。すぐに、コオロギみたいな虫を咥えたヒヨドリの姿が目に入った。

あれっ、おかしいな。

わたしは首を傾《かし》げた。

いつもなら、雛の餌となる昆虫を運んで来た親鳥は、すぐに巣のあるハナミズキの中に飛び込んでいく。けれど、今朝はそうではなかった。

親鳥はハナミズキのすぐ隣に植えられたキンモクセイの枝に止まり、クチバシにコオロギを咥えたまま甲高く鳴き続けていたのだ。

いったい、どうしたというのだろう?

わたしはベッドから下りると、ひどくふらつきながらも窓辺に歩み寄った。そして、少し熱のある額を、ひんやりとした窓ガラスに押し付けるようにして、コオロギを咥えたままキンモクセイの枝で鳴いている親鳥を見つめた。

雛を呼んでいる？

どうやらそのようだった。巣の中にいる雛を、親鳥は餌で誘っているらしかった。そう。きょうが巣立ちの日なのだ。

わたしは胸をときめかせた。

雛はどんな姿をしているのだろう？　どれくらいの大きさなのだろう？

窓ガラスに額を押し付けたまま、わたしは鳴き続ける親鳥と、巣があるはずのハナミズキをじっと見つめ続けた。

やがてハナミズキの枝に、ついに1羽の雛が姿を現した。続いて、もう1羽、さらにもう1羽……全部で3羽の雛がわたしの目に入った。

巣の中には3羽の雛がいたのだ！

3羽の雛はいずれも親鳥と同じくらいの大きさになっていたが、ずんぐりとしていて、尾羽がほとんどなく、クチバシが黄色くて大きかった。どの雛たちも、親鳥に比べると、何となく、あどけない顔をしているのが遠目にもわかった。

雛たちの姿を目にした時、わたしは自分が生まれたばかりの友里を初めて見た時のことと、その瞬間に自分がどれほど嬉しかったかを思い出した。

ハナミズキのすぐ隣のキンモクセイで、親鳥は甲高く鳴き続けていた。間違いなかった。親鳥は雛たちに、『餌が欲しければ、ここまで飛んでおいで』と伝えているのだ。

けれど、雛たちは怖がって、なかなか親がいる枝に飛び移ろうとはしなかった。生まれて初めて巣から出たはずの雛たちにとっては、その1メートル足らずの距離を飛ぶことは、とても大きな冒険なのかもしれなかった。

頑張って。勇気を出して、早くお母さんのところに飛んで行きなさい。

なおもぐずぐずとしている雛たちを見つめて、わたしは思った。同時に、そんなに無理に巣立ちをさせなくてもいいのに、とも思った。

雛たちはずんぐりと太っていて、動きが悪そうだった。人間で言えば、まだやっとヨチヨチ歩きを始めたばかりという感じだった。そんな幼い雛を無理やり巣立ちさせようとする親鳥の考えが、わたしにはよくわからなかった。

けれど、それで正しいのだろう。きっと何万年も前から、ヒヨドリはこんなふうにして、まだろくに飛べそうにない雛たちを、スパルタ式に巣立たせていたのだろう。

やがて、意を決したらしい雛の1羽が、バタバタと羽ばたき始めた。そして、ついに親鳥のいるキンモクセイの枝に飛び移った。

親鳥の元にたどり着くと同時に、雛はクチバシを大きく開いてコオロギを親鳥からもらい、それを一口で飲み込んだ。

やった！　やった！

わたしはガッツポーズでもするかのように、両の拳を強く握り締めた。

嬉しかった。嬉しくて、嬉しくて、たまらなかった。

最初の雛にコオロギを与えると、親鳥はどこかに飛び立った。だが、3分もしないうちに、また虫を咥えて戻って来た。今度は緑色のバッタだった。

いまだにハナミズキの枝にいる2羽の雛を、親鳥は今度は庭の周りに張り巡らされた白いフェンスの上からキーキーと鳴いて呼んだ。雛たちがいる場所から、やはり1メートル足らずのところだった。

2羽の雛は最初の雛よりさらに臆病なようで、なかなかフェンスに飛び移れなかった。何度か羽をばたつかせるのだが、どうしても飛び出す勇気が出ないようだった。

けれど、やがて、2羽のうちの1羽が、親鳥がいるフェンスに飛び移った。そして、最初の雛と同じように、親鳥からバッタをもらって夢中で食べた。

やった！　やった！

わたしはまたガッツポーズをした。

親鳥はすぐにまたどこかに飛んで行った。そして、さっきと同じように、すぐに虫を咥えて戻って来た。今度は黒っぽい色をした大きなクモのようだった。

ハナミズキに残った最後の1羽を、親鳥はまたキンモクセイの枝から呼んだ。最初に巣立った雛がすぐそばでクモを欲しがったが、その雛にはそれを与えず、ハナミズキの枝で躊躇《ちゅうちょ》している最後の1羽を執拗に呼び続けた。

だが、最後の1羽はイライラするほど臆病だった。たった1メートル足らずの距離が、その雛には怖くてしかたないようだった。

怖がらないで。大丈夫よ。飛ぶのよ。お母さんを信頼して、思い切り飛びなさい。

心の中でわたしは言った。自分の体のだるさのことは、今では完全に忘れていた。

やがて、ついに、最後にハナミズキに残った1羽がバタバタと大きく羽ばたきをし、次の瞬間、親鳥のいるキンモクセイに飛び移った。キンモクセイに飛び移った雛はバランスを崩し、地面に落ちそうになったが、どうにか持ちこたえた。

やった！　やった！

わたしはもう一度、ガッツポーズをした。左肩がズキンと鈍く痛んだが、気にはならなかった。

2

その後もわたしはベッドには戻らず、窓辺に運んだ椅子に座って、巣立ったばかりの雛たちをガラス越しに見つめていた。

雛たちの飛び方は、ぎこちなくて、とても危なっかしかった。それでも、3羽の雛たちは親鳥に導かれ、枝々を伝うようにして、少しずつ庭を移動していった。

きょうはよく晴れて、とても暖かかった。風も穏やかだったから、巣立ちにはうってつけに思えた。

雛たちは相変わらずビクビクとしていて、親鳥が導こうとする方向にはなかなか移動できなかった。疲れたのか、樹の枝で目を閉じて、うつらうつらしている雛もいた。

親鳥は雛たちをどこに連れて行くつもりなのだろう？　今夜はどこで眠るのだろう？

いた時だった。

親鳥がそれまで以上に凄まじい声で鳴き始めたのは、わたしがそんなことを思って
何だろう？

わたしは頭上を見上げた。そして、そこに張られた電線の1本に、黒々としたカラスが止まっていることに気づいた。

えっ？　何？　もしかしたら、雛たちを食べようとしているの？

わたしがそう思った直後に、カラスはふわりと電線を離れた。そして、樹の枝に止まっていた雛の1羽に向かって急降下を開始した。

「逃げてーっ！」

わたしは思わず声を上げた。

カラスがまさに雛をクチバシに咥えようとした瞬間、親鳥は勇敢にも、甲高く鳴きながら、自分より遥かに大きなカラスに体当たりを仕掛けた。

けれど、雛を救うことはできなかった。次の瞬間、カラスは丸々と太った雛の1羽を咥えて高く舞い上がった。

「いやーっ！」

我を忘れてわたしは叫んだ。けれど、わたしにできたのはそれだけだった。

雛を食べたカラスが満腹になって、もう戻って来ないことを、わたしは心から願った。けれど、5分とたたないうちにカラスは戻って来た。

悠然と飛んで来たカラスは、さっきと同じ電線に止まった。しばらく、辺りを見まわし、それから、また雛の1羽に——今度はフェンスの上でぼんやりとしていた、いちばん最後に巣立った1羽に襲いかかった。

雛に向かって急降下を始めたカラスに、親鳥は甲高く鳴きながら再び体当たり攻撃を仕掛けた。その姿は、まさに必死という感じだった。

けれど、今度も親鳥は雛を救うことができなかった。フェンスに止まってぼんやりとしていた雛は、あっと言う間にカラスの餌食《えじき》になってしまったのだ。

「いやーっ！」

わたしは再び大声で叫んだ。そして、窓ガラスを開けると、裸足のまま庭に飛び出した。脚がもつれて転びかけたが、そんなことは気にならなかった。残った1羽の雛を何としてでも助けたかったのだ。

最後の雛は柿の樹の枝にいた。地上から3メートルほどの高さのところだった。親鳥はその雛を必死になって安全なところに——鬱蒼としたイブキの茂みの中に導こうとしていた。甲高く鳴きながら、『こうやって飛ぶんだ』とでも言うかのように、雛の前で何度も飛び方のお手本を示していた。

けれど、雛はぐずぐずとしていて、なかなか親鳥の真似をしなかった。そののんびりとした態度は、ほかの2羽が殺されたことにまったく気がついていないかのようだった。

きっとまたカラスが戻って来るだろうとわたしは思った。そして、その通り、カラスはすぐに戻って来た。

「やめてーっ！　あっちに行ってーっ！」

わたしはカラスを見上げ、右腕を振りまわして叫んだ。けれど、そんなことには何の意味もないことはわかっていた。

雛がいる柿の樹にはかなりの葉が茂っていたから、もしかしたら、カラスは雛には気づかないのではないか。

わたしはそんな淡い期待を抱いた。

だが、空中でゆっくりと旋回していたカラスは、目ざとくその最後の雛を見つけた。

そして、次の瞬間には雛に向かって三度目の急降下を始めた。

「逃げてーっ！　逃げるのよーっ！」

わたしは頭上に向かって絶叫した。けれど、柿の樹の雛は逃げようとしなかった。前の二度と同じように、勇敢な親鳥はカラスに体当たりをしようとした。だが、前の二度と同じように、その行為はカラスにとって何の障害にもならなかった。

柿の樹にいた丸々と太った最後の雛を、カラスは呆気《あっけ》なくクチバシに咥えた。そして、そのまま宙高く舞い上がった。

その瞬間、両脚から力が抜け、わたしは庭にしゃがみ込んだ。まるで悪い夢を見ているかのようだった。

ああっ、何ていうことだろう！　親鳥はあんなに頑張って雛たちを育てたのに……雨の日も風の日も、あんなに頑張って虫を運び続けたのに……それなのに、その苦労がまったく報われないなんて……こんな不条理があっていいものだろうか！

気がつくと、わたしは泣いていた。

3

わたしの悲鳴を聞きつけたのだろう。すぐに女性看護師の南里さんと、ボランティアの広川さんがやって来た。ふたりは庭にうずくまっていたわたしを抱きかかえるようにして、病室へと運び入れ、泥にまみれた足裏を拭き、ナイトドレスを着替えさせてくれた。

そんなふたりに、わたしは泣きながら、たった今、自分が目にしたことを話した。

看護師はみんなとても忙しいから、南里さんはわたしをベッドに横たえるとすぐに病室を出て行ってしまった。けれど、広川さんはベッドの脇で、わたしの話をじっと聞いていてくれた。

「誰が悪いわけでもないのよ、大和田さん。しかたないの。これが自然の摂理なの」

わたしの手を握りながら、まるで娘に言い聞かせるかのように広川さんが言った。

「でも……あんなに頑張って育てたのに……3羽とも殺されてしまうなんて……カラスのやつ、ひどいわ……ひどすぎるわ……」

呻くようにわたしは言った。カラスが雛を咥えた瞬間のことを思い出すたびに、新たな涙が込み上げて来た。

「そうね……でも、カラスが悪いわけじゃないのよ……カラスにも雛がいるのかもしれないし、しかたないのよ……野鳥は大昔から、こういうふうにして暮らして来たのよ」

広川さんの言葉に、わたしは泣きながら頷いた。

もちろん、広川さんの言う通りなのだろう。野鳥たちは昔から、こんな苛酷な環境を生きて来たのだろう。きっと、わたしの知らないところで、毎日、何十羽ものヒヨドリの雛がカラスの餌食になっているのだろう。

そうなのだ。悪いのはむざむざと殺されてしまった雛であり、カラスには何の非も罪もないのだ。自然界とはそういうところなのだ。

けれど、広川さんの言葉は慰めにはならなかった。それは『癌で死ぬ人は数え切れないほどいるのだから、あなたも諦めなさい』と言うのと同じだった。

そう。ほかの人やほかのヒヨドリのことは、わたしにはどうでもいいのだ。あのヒヨドリの雛は、ほかのヒヨドリの雛とは違うのだ。あの雛たちのために親鳥がせっせと餌を運び続けているのを、わたしは見てしまったのだから……あの雛たちはわたしの目の前で巣立ったのだから……だから、わたしにとって、あの雛たちは特別だったのだ。

それでも、広川さんに話を聞いてもらい、わたしは少し落ち着いた。

「ありがとう、広川さん」

ハンカチで目を押さえてわたしは言った。

わたしの手を握ったまま、広川さんがわたしを見つめた。それから、優しげに微笑みながら、そっと頷いた。

もうお化粧はしなかった。明るい栗色のかつらも被らなかったし、アクセサリーも香水も付けなかった。何だか、とても疲れてしまって、何をする気にもなれなかったのだ。

その日、わたしはリクライニングを起こしたベッドにもたれ、辺りが暗くなるまで窓の外をずっと眺めていた。

雛が3羽ともカラスにさらわれてしまったのを、ヒヨドリの親は目の前で見たはずだった。それにもかかわらず、親鳥は暗くなるまで何度も昆虫を咥えて戻って来た。そして、庭のフェンスや木々の枝に止まり、昆虫を咥えたまま、いつまでも雛を呼んでいた。

もちろん、雛の返事があるはずもなかった。それが悲しかった。

4

日が暮れると、ヒヨドリは雛を探すのを諦めて、どこかに飛んで行ってしまった。

また熱が上がって来たようだった。目眩も始まったし、頭痛も強くなった。体のだるさは耐え難いほどになっていた。少し前からは、息苦しさも感じるようになっていた。

ああっ、いよいよ最後の時が近づいて来たのかもしれない。

そう思ったけれど、もはや特別な思いは湧いて来なかった。

そう。いつの間にか、わたしは諦めていたのだ。自分が直面している死という現実を、いつの間にか、受け入れていたのだ。

わたしは小町絞りの花を見ることができた。悲しいことになってしまったけれど、ヒヨドリの雛の巣立ちも見ることができた。

だとしたら……残る望みは、ひとつだけだった。


昼間はあんなにいい天気だったというのに、辺りが暗くなるとすぐに、雨が音を立てて降り始めた。風も少し強くなって、東を向いた病室の窓に、大粒の雨が絶え間なく吹き付けた。

夕食のスープを運んで来てもらう前に、わたしは夫だった男に電話をした。

『やあ、笑子か。まだ死んでなかったんだな』

手にした電話から、夫だった男の声がした。どうやら笑っているようだった。『何か用か？　また得意なフェラチオでもしてくれるのか？』

その男の言葉は、不愉快きわまりなかった。けれど、もはやわたしは、カッとなったりはしなかった。

「友里には言ってくれた？　ここに来るよう言ってくれた？」

窓ガラスの向こうを流れ落ちる雨粒を見つめて、単刀直入にわたしは訊いた。わたしが知りたいのは、それだけだった。

『ああ、言ったよ』

男が軽い口調で答えた。

「それで……それで、友里はいつ来てくれるの？」

『友里は行かないってさ』

やはりごく軽い口調で男が言った。そして、また意味もなく笑った。

「どうして……どうして来てくれないの？」

手の中の電話を強く握り締め、呻くようにわたしは訊いた。

『どうしてって……笑子、お前、自分が友里にとって、どういう母親だったのかを思い出すといいよ。それが答えだ』

冷たい口調で男が言った。それから、『もう連絡をして来るのはやめてくれ』と言って、わたしの言葉も待たずに電話を切った。

切れた電話を握り締め、わたしは病室の壁を見つめた。そして、たった今、夫だった男の口から出た言葉を思い出した。

自分が友里にとって、どういう母親だったのか――。

わたしには言い返す言葉が見つけられなかった。

あれは今から10年前、わたしがあの男と離婚する直前のことだった。

こんなふうに強い雨が降る夜だったと記憶している。

あの晩、わたしはキッチンのテーブルで、いつものように、煙草をふかしながらお酒を飲んでいた。わたしの隣では、友里が夕食を口に運んでいた。

夕食?

いや、そんな立派なものではなかった。友里が食べていたのは、近くのコンビニエンスストアで友里が自分で買って来た菓子パンやおにぎりやカップ麺だった。

あの頃のわたしは、家事をほとんどしなくなっていたから、友里はいつもそんなものばかり食べていたのだ。

いったい、何が切っ掛けだったのか、今ではもう覚えていない。友里がわたしに、

「たまには夕食を作ってほしい」と言ったのかもしれないし、「お酒ばかり飲んでいるのはやめてほしい」と訴えたのかもしれない。あるいは、母親であるわたしがすぐ隣にいるというのに、まるで誰もいないかのように黙々と食事を続けていたのかもしれないし、わたしを冷たい目で一瞥《いちべつ》したのかもしれない。

いずれにしても、友里の何かがわたしをカッとさせた。

あの頃のわたしは、いつだってイライラとしていて、ちょっとしたことで凄まじいヒステリーを起こしていたのだ。

とにかく……カッとなったわたしは、吸っていた煙草の火を友里の右腕に――ちょうど肘の辺りに押し付けた。それだけでなく、悲鳴を上げて泣き出した友里の左右の頬を、平手で繰り返し、力まかせに張った。

「いやーっ！　やめてーっ！」

友里は泣き叫びながら逃げ出そうとした。

わたしはそんな友里に襲いかかった。そして、背後から髪の毛を鷲摑みにして仰向けに引き倒し、もんどり打って仰向けに倒れた友里の腹部に馬乗りになった。

「許してっ！　ママっ！　お願いだから、ぶたないで！」

わたしの尻の下で、友里が必死で訴えた。けれど、わたしの怒りは治まらなかった。いったん爆発すると、わたしの怒りはなかなか治まらないのだ。

「泣くなっ！　泣き止まないと殺すぞっ！」

あの晩、わたしはそう叫びながら、友里の髪を両手で鷲摑みにし、その後頭部を床に何度も強く叩きつけた。それだけでなく、友里の左右の頬を、力まかせに何度も張った。

友里に暴力を振るっていると、わたしはいつもすっきりとした。快楽に近いものさえ感じた。それで、あの頃のわたしは、そんなふうにしばしば友里に暴行を加えていた。

それは麻薬みたいなもので、やめようとしても、やめることができなかった。

あの晩、帰宅した夫は友里の顔を見てひどく驚いた。そして、わたしに「頼むから、出て行ってくれ」と言った。

夫だった男と電話で話した直後に、具合がひどく悪くなった。目眩や頭痛、それに吐き気はいつものことだが、今夜は息苦しさが耐え難かった。いくら空気を吸い込んでも、肺にそれが入っていかない感じだった。

30分ほどベッドの上で喘ぎ、悶え、呻き苦しんだあとで、ついにわたしはナースコールのボタンを押した。

すぐに川原先生が看護師の南里さんと一緒に駆けつけてくれた。そして、いつもより少し強い鎮痛剤を点滴し、口にプラスティック製の酸素マスクを付けてくれた。

ここに来て酸素吸入を受けるのは初めてだった。

鎮痛剤と酸素吸入によって、苦しみは随分と治まった。そして、すぐに強い睡魔がやって来た。

気持ちのいい睡魔ではなかった。それは眠りというより、地の底に引き摺《ず》り込まれて行くみたいな、とても不快なものだった。

このまま死ぬのかもしれない。

ぼんやりと、わたしは思った。そして、この世の見納めにもう一度目を開こうとした。けれど、どうしても目を開けることはできなかった。

意識を失う前に、わたしはヒヨドリのことを思った。大切に育てた雛たちを、一瞬にして失ったあの親鳥のこと——。

あの親鳥は今、どこにいるのだろう？　きのうの今頃は自分の羽の下で眠っていた雛たちのことを、思い出したりしているのだろうか？　それとも鳥たちは、過去を思い煩ったりはしないのだろうか？

もう考えることもできなかった。

窓の外で続く雨の音を聞きながら、わたしは深い眠りに落ちた。

5

また目が覚めた。わたしはぼんやりと天井を見つめた。

生き延びた。

そう思ったが、もはや喜びはなかった。

たった今まで、父の夢を見ていた。夢の中の父はにこやかに笑っていた。それでわたしも、父ににこやかな笑みを返していた。

いつものように、カーテンの合わせ目から、細い光が差し込んでいた。けれど、いつもに比べると、その光は弱々しかった。

きっと雨が降り続いているのだろう。雨音が微かに聞こえた。

いつもなら、目を覚ますとすぐに、わたしはベッドのリクライニングを起こす。そして、ベッドを下り、窓に掛けられたカーテンを開け放つ。

けれど、今朝のわたしには、どちらもできそうになかった。それどころか、今朝はもう、トイレに行くこともできないかもしれなかった。

友里は本当に来てくれないのだろうか？

ベッドに仰向けになったまま、ぼんやりとした頭でわたしはそう考えた。そして、直後に、来るはずがないと確信した。

そう。来るはずはないのだ。

わたしが友里にして来たことを考えれば、それは当然のことだった。

口に付けたプラスティック製のマスクから送られて来る酸素を吸いながら、わたしはぼんやりと天井を見つめ続けた。

ああっ、いよいよこれで人生は終わりになるのだろう。わたしが友里に会うことは、もう二度とないのだろう。

死ぬのは今も怖かった。それでも、今ではもう、『どうでもいいや』という気持ちになりかかっていた。死後の世界で父と再会するのが、今では何よりの楽しみだった。

目を覚ましたばかりだというのに、また睡魔がやって来た。

意識をなくす前にトイレに行きたかった。

ひとりではベッドから出られそうもないので、わたしはナースコールをしようとした。けれど、枕元にあるそのボタンに手を伸ばす力もなかった。

このまま眠ったら、おしっこを漏らしちゃうかもしれない。だから……誰かを呼ばなくちゃ……おしっこを漏らして死ぬなんて、かっこ悪いから……だから、誰かに手を貸してもらって、トイレに行っておかなくちゃ……。

そんなことを思いながら、わたしは目を閉じた。

もう本当に、目を覚ますことはないのかもしれない。

微笑みの　笑と命名　小紫陽花

わたしが生まれた日に、父が作った俳句を思い浮かべた。大好きだった父の顔を思い浮かべ、わたしは少し笑った。

エピローグ

わたしの耳元で誰かが囁《ささや》いた。若い女の声だった。

その声に、わたしはゆっくりと目を開いた。

部屋の中は明るかった。いつの間にか、カーテンが開けられているようだった。

わたしのすぐ目の前に女の顔があった。若くて美しい女の顔だった。

けれど、焦点がなかなか合わず、目の前にある女の顔が誰のものなのか、数秒のあいだ、わたしにはわからなかった。

やがてその顔に焦点が合った。そこにあったのは、わたしの娘の顔だった。

友里？　友里が来てくれたの？

いや、そうではないのだろう。きっとこれは幻想か幻影なのだろう。モルヒネ系の鎮痛剤によって、末期癌の患者はしばしば幻想や幻影を見るのだ。

「お母さん……」

目の前にいる若い女が、わたしを見つめて言った。そして、掛け布団の中にあったわたしの右手を、両手で強く握り締めた。

「友里なの？」

口にプラスティック製のマスクを付けたまま、かすれた声でわたしは訊いた。

「そうよ。友里よ」

目の前にいる美しい女が、今にも泣きそうに顔を歪めて言った。

「本当に……友里なの？」

わたしはまた訊いた。そこに友里がいることが信じられなかったのだ。

「そうよ。友里よ」

目の前にいる女が同じ言葉を繰り返した。その大きな目から、大粒の涙が溢れ出た。

女は掛け布団の上から、わたしの体を両腕でそっと抱き締めた。

夢ではないのだ。幻想でも幻影でもないのだ。友里が来てくれたのだ。今、わたしの前に友里がいるのだ。

「友里……会いたかった……会いたかった……」

呻くように、わたしは言った。わたしの目からも涙が溢れ出た。

「お母さん……」

わたしを抱いたまま、声を震わせて友里が言った。

わたしは布団から両腕を出した。左の肩が鋭く痛んだが、ためらいはしなかった。

「友里……友里……」

いとしい娘の名を、わたしはうわ言のように繰り返した。そして、ほっそりとした娘の体を両腕で強く抱き締めた。

友里の体からは、石鹸とシャンプーと、ヘアコンディショナーみたいな香りがした。


目を覚ますとすぐに、わたしは右脇に目を向けた。すべてがわたしの夢か妄想だと思ったのだ。

だが、夢でも妄想でもなかった。そこに置かれた簡易ベッドで友里が眠っていた。友里が立てている静かな寝息も聞こえた。

ああっ、友里がいるのだ。わたしは今、友里と同じ部屋にいるのだ。

そう。帰ってもいいというわたしに、友里は「今夜はここに泊まっていくわ」と言ってくれたのだ。そして、夜遅くまで、わたしにいろいろなことを聞かせてくれたのだ。

わたしは首をもたげ、眠っている友里の顔をじっと見つめた。友里の寝顔を目にするのは10年ぶりのことだった。

友里は本当に綺麗になっていた。若い頃のわたしよりも綺麗なぐらいだった。マスカラも付け睫《まつげ》毛もしていないというのに、友里の睫毛はとても濃くて長かった。こんなふうに閉じていても、その目が驚くほど大きいのがわかった。鼻は真っすぐで、形がよかった。唇はふっくらとしていて、とても柔らかそうだった。

しばらく友里の顔を見つめていたあとで、わたしはゆっくりと仰向けになった。そして、暗がりに沈んだ白い天井をじっと見つめながら、友里が言ったことを思い出した。

「本当は来ないつもりだったの……でも……わたしのお母さんは、お母さんしかいないから……わたしのお母さんは、お母さんだけだから……だから来たのよ……わたしもお母さんに会いたかったのよ……」

病室に来てすぐに、大粒の涙を流しながら、友里はわたしにそう言ったのだ。

ああっ、友里……わたしの友里……。

いろいろあったけれど……そんなには悪くない人生だったかもしれない。

わたしは思った。そして、友里が立てる寝息を子守歌のように聞きながら、静かに目を閉じた。

これでもう、思い残すことは本当に何もなかった。

ゆっくりと眠りがやって来た。まるで吸い込まれていくかのように、わたしはその眠りの中に落ちていった。

あとがき

人が死ぬ瞬間を初めて見たのは、今から8年半近く前のこと、横浜市瀬谷区にある総合病院のホスピス病棟でだった。

そう。２００４年5月7日の朝、そのホスピスの一室で僕の父が死んだのだ。この本の主人公、大和田笑子と同じ、原発不明癌というのが父の死因だった。

父の呼吸が止まった瞬間、僕は「おい、しっかりしろよ」と言って、骨と皮ばかりに痩せてしまったその体を揺すった。

すると、父はスーッという大きな音を立てて息を深々と吸い込み、直後に、ハーッという音とともにそれを吐き出した。そして、その呼吸を最後に、彼は74年4カ月の生の時間を終えた。

父を思う時、僕の頭にまず浮かぶのは、負の言葉の数々だ。

小心者……吝嗇《りんしょく》……後ろ向き……臍曲がり……見栄張り……意地悪……目立ちたがり……いじけている……自分勝手で、自己本位……人を決して褒めない……そして、何より、人を妬み、嫉む心がとてつもなく強い。

そう。僕の父は成功した人や、富や名声や社会的地位を得た人、幸せそうな人を、いつもやっかんでいた。そして、そういう人々が失敗することや、不幸になることをいつも切望していた。

父は僕が大学に進学することに強固に反対した。その理由は、自分が大学に行きたかったのに、経済的な理由からそれができなかったから、『息子だけに、やりたいことをさせるわけにはいかない』という考えからだった。

僕が作家という職業に就いてからは、父は常に僕の生き方や人生観を激しく攻撃し、僕の作品のひとつひとつを徹底的にけなした。彼も若い頃から作家を志し、死の直前まで作家になるという夢を抱いていたから、きっと、息子に先を越されたことが悔しくて、妬ましくてしかたなかったのだろう。

父には非常に天の邪鬼なところがあって、みんなが『賛成』と言えば、自分の考えを曲げてでも、常に『反対』と唱えた。逆に、みんなが『反対』と言えば、たとえ自分も反対であったとしても、父は常に『賛成』と叫んだ。彼は負け惜しみの強い人間でもあり、本当はほしかったにもかかわらず自分が手に入れることのできなかったものを、『くだらないもの』『バカバカしいもの』と決めつけていた。

父は本当に癖の強い人だった。僕は幼かった頃からしばしば、『もっと普通の人が自分の父親だったらよかったのに』と思っていた。

父と僕は事あるごとに対立した。僕は誰とも喧嘩をしない性格なのだが、父とだけはしばしば喧嘩をした。その喧嘩はたいてい父のほうから吹っかけて来るのだが、僕のほうから喧嘩を売ることもあった。

死んでしまって、もう反論することのできない人間を悪く言うのは少し気が引ける。だが、僕は息子なのだから、多少のことは許されるだろう。

僕の父は人間の負の部分を——人間の嫌なところばかりを寄せ集めたような人物だった。少なくとも、長男である僕の目にはそう映った。

父のような人物にだけはなりたくない。

昔から、僕はそう思っていた。そして、多くの人と仲たがいし、いがみ合ってばかりいた父とは逆に、僕は周りにいるすべての人々と仲良くしようと努めて来た。

僕は『いい人』になりたかったのだ。

それにもかかわらず、母はよく言ったものだった。

あんたがお父さんにいちばん似てる、と——。

そう。長男である僕は、4人の兄弟姉妹の中で、もしかしたら、最も強く父の影響を受けて来たのかもしれない。そして、父から受け継いだ負の部分を隠すために、妻が呆れるほどに『いい人』を装っているのかもしれない。

父の名誉のために言えば、彼を嫌う人はたくさんいたが、逆に彼を好いている人たちも少なくはなかった。僕の妻もそのひとりだった。

心に多くの暗い部分を有しながらも、僕の父は表面的には明るくて、お茶目でお喋りな男だった。ざっくばらんで、飾り気がなく、勤勉で責任感が強く、家族愛に溢れ、とても人懐こくて、寂しがり屋で、賑やかなことが大好きだった。ナイーブで、涙もろく、感受性が豊かなところもあった。長男である僕や次男、三男には厳しかったが、末っ子である長女を溺愛し、彼女にだけは強いことは何も言わなかった。

この本を書きながら、僕はしばしば、そんな父を思い出した。

これまで僕は、自分の父について何かを書いたことはほとんどなかったし、これからも書かないつもりだった。けれど、この本の執筆を終えた時、いつかは父について書いてみてもいいかな、とも思った。

良くも、悪くも、僕にとっての父は、とてつもなく存在感のある人物だった。そして、僕にとっては、ただひとりの父親だった。


本書に登場するホスピスのモデルとしたのは、神奈川県足柄上郡中井町にある『ピースハウス病院』である。あの日野原重明氏が理事長を務める同所は、日本で初めての独立型ホスピスとして有名な施設である。

その『ピースハウス病院』でボランティアスタッフとして3年ほど働いた妻の体験談が、本書の執筆には非常に役に立った。妻の弘美に感謝する。それから、長いあいだのボランティア、本当にお疲れさまでした。

最後になってしまったが、本書の執筆のあいだずっと、幻冬舎の前田香織さんに温かいアドバイスと励ましをいただいた。前田さん、ありがとうございました。おかげで、また、新しい本ができあがりました。これからも、よろしくお願いします。

二〇一二年一〇月

大石　圭

この作品は書き下ろしです。原稿枚数362枚（400字詰め）。

幻冬舎アウトロー文庫

●最新刊
淫獣の宴
草凪　優

グラビアアイドルの希子は、M字開脚にされ悶え苦しんでいた。「きっちり躾けて」。事務所の美人社長・美智流の命令に、マネージャー・加治の指が伸びる。雪山の密室で繰り広げられる欲望の極致。

●最新刊
シノギのプロが教えるビジネスの極意
沢田高士

しぶとく稼いでこの不況を生き延びろ。シノギの世界で生きる著者が伝授する現代の錬金術の数々と、オールジャンルに応用可能な「金儲けの原理原則」。成功したい人必携の〝裏〟ビジネス書！

●最新刊
情蜜のからだ
白取春彦

「だめよ。絶対声が出るから」。客のいる前で犯されるマッサージ師・友美。羞恥と愛液まみれの施術が始まる。『超訳　ニーチェの言葉』の著者、もう一つの淫靡なる才能。傑作官能短編集。

●最新刊
十字架の美人助教授
館　淳一

「感じてゆくところを一枚ずつ写真に撮ろう」。学生時代に同級生たちの性奴隷にされた香澄は、以来、輪姦願望から逃れられない。助教授となった今も、犯されるために秘密クラブへ通う――。

●最新刊
ヤクザの散り際
歴史に名を刻む40人
山平重樹

任俠界の歴史に名を刻む男達の生き様は、その死の在り方にこそ浮かび上がる。自ら首を掻き切り後始末ののち絶命、堂々たる大往生など伝説に残るヤクザ40人の最期を描く、迫力のドキュメント。

GENTOSHA OUTLAW BUNKO

赦《ゆる》されたい

大《おお》石《いし》圭《けい》

平成24年12月10日　初版発行

発行人――石原正康
編集人――永島賞二
発行所――株式会社幻冬舎
〒151-0051東京都渋谷区千駄ヶ谷4-9-7
電話　03(5411)6222(営業)
　　　03(5411)6211(編集)
振替00120-8-767643
印刷・製本―株式会社　光邦
装丁者――高橋雅之

幻冬舎アウトロー文庫

ISBN978-4-344-41960-5　C0193　O-110-3

幻冬舎ホームページアドレス　http://www.gentosha.co.jp/
この本に関するご意見・ご感想をメールでお寄せいただく場合は、
comment@gentosha.co.jpまで。